聽君一夕話

阿濃談文學論人生

阿濃 著

聽君一「夕」話——阿濃談文學論人生
作者／阿濃
策劃編輯／貝柏文
美術設計／陳詩韻
出版發行／突破出版社
香港沙田亞公角山路33號突破青年村
電話：2632 0000　傳真：2632 0388
電郵：breakthrough@breakthrough.org.hk
網址：http://www.breakthrough.org.hk
http://www.btproduct.com
承印／陽光（彩美）印刷有限公司
2021年7月初版1刷
2022年7月初版2刷

Evening Conversation in Chinese Literature
by A Nong
First Printing, First Edition, July 2021
Second Printing, First Edition, July 2022

Printed in Hong Kong
ISBN 978-988-8562-51-0

誠邀閣下就突破出版社的書籍發表意見

歡迎加入突破書籍 Facebook page — http://www.facebook.com/btbooks.page

本書採用環保油墨印刷

或坐在巨人的肩膀上，或呷一口書香，讓我們的生活漸次提升，讓眼界更見遼闊。

目 錄

散文談

序：跟有趣的人聊天

先要說明，本來有一句成語：「聽君一席話，勝讀十年書。」只因本書記錄的都是「夜譚」，就改一個字，變成「一夕話」了。

跟有趣的人聊天是生活中最愉快的事之一，小時候無法插嘴，聽大人聊，同樣開心，長知識，增見聞，許多故事從此記住了。

過往的日子有不少聊天的機會，其中兩次印象比較深，一次在一個夏日營地，連續幾個晚上跟一班大學生聊；星光下依不同的主題說故事，聽意見。另一次在旅舍中遇見一位有學問、有經歷的老人家，作了題材廣泛的對談。

當年我有寫生活札記的習慣，每次談完，趁印象猶新，把聊天的內容記了下來。

營地星光下，我們談了：怎樣看待人生的夢想？進退之間的抉擇，有和無的哲學，偶然和必然間的自處，個人盲點的審視。

旅舍跟老人家聊的是：時間和快樂的關係，把美好的時刻留住，人生幾何的遺憾，親人亡故的悲哀，一生人活出幾世，命運能否改變？人際最好的關係，超級播毒者，惻隱之心和仁政，讀什麼書的講究，文學中的性格典型，立志和踐志，讀宋詞的感受，怎樣看癖好？

對談時各抒己見，獲得不同視點，互有得益；也聽了不少有啟發性的故事。

這幾年我寫了一系列中國文化的書，包括神話、小說、樂曲、教育、詩歌、笑話等等，卻沒有介紹余光中說的「一切作家的身分證」的散文。本書就把我談散文的十一篇文字作為「個人文談」，收在第二部分，包括散文的各種形式：哲學、歷史、論說、教育、回憶、遊記、書信、序跋、少兒、雜文、隨筆，舉的例都是其中精品。

相信這本書能夠為讀者增加知識，刺激思考，獲得閱讀樂趣。

本書也是一種提倡，提倡朋友之間聊天時，能夠把談話內容的質素提高一些。

阿濃 2021

一夕談

一、怎樣看待人生夢想

這是一次難忘的經驗，七、八個大學生，租了離島一個營舍，白天游泳、打球、做地理考察、幫營地維修，晚上觀星、營火會、聊天、天才表演。

聊天節目會邀請嘉賓作簡單領講，然後大家隨便提問或發表個人感想。

剛巧我這段日子有空，也有興趣跟年輕人交換看法，便答應了邀請。為期五日的活動，我部分時間在營中度宿，如外面有事，到黃昏才入營。天公作美，整個營期都是晴天，在夜談時有一天的星光籠罩。

第一個晚上是營友們自我介紹，男女各佔一半，來自三間不同大學，不同科系，有互相認識的，也有初會。

第一晚的題目是「夢想」，我的主題發言是：

夢想是人生的翅膀，沒有翅膀你如何高飛？翅膀可以很巨大，如莊子《逍遙遊》中的鵬，「其翼若垂天之雲」，飛的時候「水擊三千里」，「摶扶搖而上者九萬里」。翅膀也可以很短小，像雞鴨，只能飛離地面少許。牠們的視野有極大的相差，人生的境界和成就也無可比擬。

我們以極難得的機會誕生到世間，不是嗎？要從七、八千萬個精子中力爭上游，成為唯一的勝利者；來到茫茫宇宙間，至今所知唯一有人類的星球上，是偶然中的偶然，幸運中的幸運，我們怎能不珍惜？加上各位都是大學生，你們的知識水平和享受到的教育資源都是整體人口的少數。所以你們對人生應有較高的理想，達到夢想的程度。

可是人生遭際不同，大多數的人在進入社會後，面對種種的挫折、考驗，夢想漸漸破滅，目標趨於實際，反而覺得當日所抱的夢想是幼稚的表現。

我想聽聽你們曾經或現在抱有怎樣的夢想，而如今又怎樣去看待它？

第一個回應的是阿志，矮矮胖胖的小夥子。他不好意思地托一托眼鏡說：「我讀醫，我的夢想不是在本地行醫，我要找一個偏僻的小鎮，一個沒有醫生的小鎮，鎮上的人病了，要長途跋涉去百里外的城市求醫。我便在那裏開一間小型醫院，只收廉價的診金，經費靠網上籌募。我們會為鎮上所有嬰兒接生，迎來一個個小生命，帶給父母、祖父母幸福滿足的感覺。我們會送高齡的老人家最後一程，讓他們在較舒適的情況下離開這個世界。我會跟附近大城市的大醫院建立聯繫，把初步診斷認為無條件醫治的病人轉送給他們。我們的醫院將是當地居民最信賴的機構，整個鎮的居民都會當我們是朋友。」阿志說的時候臉帶笑容，好像已看到那間醫院的未來。

大家情不自禁的為他的夢想鼓掌。

第二個回應的是 Anna，一個高大瘦削的女生，她皮膚白皙，眸子閃亮，咬字清晰，說她讀的是戲劇，已經組織了一個十來人的小劇團。演出過三個劇，她是演員也是導演。她說她的夢想是排十個年輕人的戲，十個都是要真人真事，講他們的愛情，他們的苦惱，他們的友誼，他們的奮鬥，他們的掙扎，他們的創業，他們的傳奇……他們美麗的青春，他們的汗水和淚水，他們一步一腳印所走的路。

大家對她的計劃很感興趣，有人問：「這十個人到哪裏找？」

「我留意社會新聞，也在網上搜羅，遇有適合對象，就會想辦法聯繫他們。要他們撰寫自己的故事，愈詳細愈好，我會找尋其中具戲劇性的細節，交劇團編劇小組編出一個戲的雛形，再慢慢修改。我們不排除故事主角，演他自己。」

「你們已經找到幾個人？」

「才三個。或許今天晚上在這裏聚會的朋友有興趣，可以主動跟我接觸。」

這時我見一個女生對她身旁的男生說：「你的故事很動人，建議你找她談談。」

那男生說：「還不是一個老套的故事，有什麼好說的？」

第三個回應的是一位長髮青年，穿一件大碼的長袖白襯衫，他介紹自己叫李慕白，他說：「我的夢想最不實際，我要成為一個詩人。」

在場的確有人露出同意的笑容。

「中國是詩歌大國，從《詩經》到《楚辭》到漢魏六朝的古詩，到唐詩，詩歌藝術達到頂峰。文字之美，情感之豐富，都歎為觀止。當時幾乎沒有一個作家不寫詩，詩歌也滲入國人生活，成為生活一部分，平民百姓可隨口而出一些詩句。我的夢想是我的詩句也能百年千年出現在人們口語中，像『每逢佳節倍思親』、『欲窮千里目，更上一層樓』、『出師未捷身先死，長使英雄淚滿襟』、『野火燒不盡，春風吹又生』、『貧賤夫妻百事哀』、『心有靈犀一點通』、『為他人作嫁衣裳』……我知道詩人在兩種情況下，特別有詩情，一在戀愛中，一在憂患中，所以我盼望能夠愛得要生要死，也不拒絕命運帶給我的災難。」

「你剛才所舉都是舊詩，新詩也有例子嗎？」有人問。

「白話文運動[1]帶給各種文體的改變，而新詩的改變最大。新詩成為最自由的文體，本應有更好的發展，但因為它是個全新的新生兒，比起悠長的詩歌傳統，它才一百年多些，還在發展和成熟中。抱歉我竟舉不出新詩的例子，但它遲早會出現的。」

談到這裏，時已不早。主席宣佈明晚聊天的主題是「In and Out」，大家在星光下同唱：

繁星流動
和你同路
從不相識開始心接近
默默以真摯待人……[2]

互道晚安。

1. 白話文運動，又稱文學革命、新文學運動，是中國的一場文學與語文的改革運動，由作家及學者在 1910 年代後期發起。隨着 1919 年發生的五四運動，提出反傳統求革新的呼喊，推動了白話文運動的發展。

2. 歌詞來自譚詠麟主唱的粵語歌曲《朋友》，由向雪懷填詞，芹澤廣明作曲；也是電影《龍兄虎弟》的插曲。

二、進退之間的抉擇

又是一個繁星之夜，八時開始的星下談，於七時四十分左右已陸續有人來到。有人用小提琴拉奏《梁祝》，帶來濃濃的江南情調。

聊天準八時開始，仍然由我作開場白。

我說事緣若干年前，一位不認老的中年女作家對我說：「你們這班前輩都已經 out 了，年輕一代根本不看你們寫的東西，你們追不上時代，思想不 in，打扮不 in，生活習慣不 in，說話也不 in，怎能期望他們看你們的作品？」對她的批評，我不能不承認部分是事實，但不同意年輕一代不看我的作品。據我所知，我作品的銷數是她的五十倍或更多。

我的話引來一些掌聲，我繼續說：「至今，唐朝的詩，明清的小說，仍是書店長銷的書，李白、杜甫、曹雪芹[1]也不 in，但他們過去、未來、將來都不曾 out 過，如今流行的那些時代讀物，恐怕十年後已經沒人看。

「潮會來，也會退，來去之間其實短暫。追逐潮流，只贏得刹時光華，很快聲沉影寂，一無所有。

「對 in and out 我們該如何看待，請大家談談你的看法。」

第一個回應的是阿棟，讀政治學。他說：「我是年輕人，喜歡新事物是天生的本能。新事物包括新的用品，手機也要用最新型號。新的 look，兩邊鏟青的髮型首先在我們頭上出現。新的食品，漢堡、披薩一開始都是主攻年輕人市場。新的技術，電腦也好，開車也好，相機也好，都是年輕人最先嘗試和掌握。而新的政治思想，改革社會的新理論，對年輕人都有很大的吸引力。説來你不信，我祖父寧願排隊也不用自動櫃員機。他到今天還沒有使用手機。

「如果沒有年輕人對新時代的 in，社會各方面的進步無從談起。

「我不是說新的一定比舊的好，許多新的食品都對健康有損害。新的政治思想，新的改革社會的理論，也可能引起動亂甚至戰爭，但人類文明整體的進步，卻是在付出代價的同時進步過來的。我們總無法否認，如今的個人權利，遠勝歷史上任何時代。

「作為新時代的青年，我會滿懷熱情地投入，也就是追求 in。但我為自己設定一個檢查標準，這標準只得四個字：『以人為本』。所有新事物，對人類的福祉是增加了還是損害了？這個標準決定我是接受還是拒絕。有些事物，不是那麼容易判斷它的利弊，需要時間去證明。有些更是利害參半，因此要虛心，要客觀，千萬別以為自己是擇善固執，其實是執迷不悟。」

阿棟的看法肯定不同於我，但我覺得這是一位青年人經過深思熟慮的看法，有意思，於是我鼓掌了。

第二位想發表意見的是 Cecilia，讀的是中國文學，最引我注意的，是她穿了一襲中國長衫，很好看。她說：「最近讀了錢鍾書的《圍城》，大家讀這本書後，一定記得的那句：『婚姻是一座圍城，城外的人想進去，城裏的人想出來。』這也是一種 in and out。問題是城外的人為什麼想進去？城裏的人為什麼想出來？還有，為什麼也有出去了的又想再進去？有誰能給我回答？」

回答她的是阿棟：「時代不同了，愈來愈多的年輕人，選擇同居而不結婚。也就是游離在城內外。不客氣的說句，這樣的選擇原因可能有兩個：一是便於繼續啃老，仍然可以住爸媽的，吃爸媽的，只是多了一處長期幽會之處。二是便於分手，想停止這段關係時毋須辦任何手續。至於那些真正要進城的，有的是奉將要出生的孩子的『命令』，有的是其中一方擔心關係不牢靠。於是除一紙婚書外，還要對方為『進城』付出較大代價，包括去三處度蜜月，包括跨國擺酒。我有一位朋友分別在香港、溫哥華、多倫多三地請飲。」

「也有因為對長期拍拖生活厭倦了。」一個叫傻 B 的肥仔說，「打風落雨，寒流襲港，都要流浪街頭。戲院、Starbucks 等終非親熱的好場合，於是想有一處二人世界可以煮飯仔的地方。」

「進了城又想出城是一個美夢的破滅。」詩人李慕白說，「所有的幻象消失了，真相大白。大丈夫原來是小男人，事事計較，醋味又大。溫柔的她忽然像她的媽，外父的艱難處境成為他嚴酷的現實。於是每天都在『悔不當初』的情緒下度過。」

「出了城為什麼會二度進城呢？」李慕白繼續說，「那是遇上另一個不同的人，覺得有了第一次的經驗，不會再犯上次的錯。至於事實是否如此，要看命運之神是否眷顧。」

詩人對婚姻似乎不看好，他有興趣的是戀愛，包括失戀。

跟着是一個活潑的女孩，像個中學生，自我介紹叫Cherry，同學叫她小丸子，就讀藝術系。她說：「我的老師是大師級，擁有國際名氣。除了在學院授課，他還有私人小班，免費教六個學生，都是他從大班挑出來成績最好的，週末在他家裏上課。主要是教我們創作，而不是臨摹。

「有一次他接到外國一間有名的美術學院的 offer，

說有一個獎學金名額，包括三個月的課程，住宿，來回機票，還有零用錢，請老師推薦。

「老師讓學院所有同學參加選拔，一個月內交出一件新作。

「最後老師選出一幅作品，作者是我們六個中的一個，也是最看不出具備老師風格的一個。

「老師說，學習一門藝術，能進入其中，得其精髓，已很不容易，只有少數人能登堂入室。但之後要從其中走出來，有自己獨有的精神面貌和風格，就更是難得。這位得獎的同學，就是能入又能出的一位。這是我對 in and out 的另一種解讀。」

我說一個話題帶出不同解讀，讓我們繼續思考，實在很有意思。

主席宣佈下次的主題是「有和無」，帶大家同唱《友誼之光》[2]：

人生於世上有幾個知己

多少友誼能長存

今日別離共你雙雙兩握手

友誼常在你我心裏……

大家踏着星光歸去。

1. 曹雪芹，清代小說家、詩人、畫家，中國古典名著《紅樓夢》的作者。

2.《友誼之光》，是電影《監獄風雲》的插曲，由周藍萍作曲，南燕填詞，由 Maria Cordero（又名肥媽）主唱。

三、有和無的哲學

今晚是營火會，營中所有的燈都熄了，大家圍火而坐。作為燃料的木柴，發出劈哩啪啦的聲音，還有樹脂的清香。像以往晚上般，由我為今晚的主題先講幾句。

我說佛家一則有名的故事，五祖弘忍的弟子神秀作偈曰：身似菩提樹，心如明鏡台，時時勤拂拭，勿使惹塵埃。

輸給另一位弟子惠能的：菩提本無樹，明鏡亦非台，本來無一物，何處惹塵埃？

「有」輸給了「無」，惠能繼承了衣缽，成為六祖。

程顥、程頤都是理學[1]大師，有一次他們一同參加朋友的宴會，座中有歌妓助興。程頤認為有違品德，拂袖而去。程顥卻言笑甚歡，終局方散。程頤心中仍感不憤，第二天到程顥家表示不滿。程顥說：「昨日座中有妓，但我心中無妓；今日座中無妓，但你心中仍有妓。」程頤聽了自覺修養不及程顥。

這是又一個「無」勝「有」的故事。

可是要年輕人屬意這個「無」字，太難了！他們會同意唐朝女詩人魚玄機説的：「易求無價寶，難得有情郎。」

自己屬意的人是否對自己有情呢？情況曖昧，難以判定。也是唐朝詩人的劉禹錫，在他民歌體[2]的《竹枝詞》中就有「東邊日出西邊雨，道是無晴還有晴」的雙關語，以「晴」諧「情」。

而現實大多難如人意，往往是「落花有意，流水無情」。更遺憾的是「有緣無分」，相識了，相愛了，最終卻無法結合。

我喜歡許冠傑的歌，以其十分通俗入世，尤其是不開心時，聽他唱，跟他唱，就能一泄心中悶氣，下面是其中一首：

命裏有時終須有

命裏無時莫強求

人比海裏沙

毋用多牽掛

君可見漫天落霞

名利息間似霧化……[3]

關於「有」和「無」，各位可有什麼經歷和見解跟大家分享？

第一個發言的是阿麗，讀的是中文系，長髮大眼。她說：「道是無情還有情，本來戀愛最使人迷醉的就在曖昧狀態，雙方努力呈現自己最美好一面，從外表到一舉一動，一顰一笑，都會考慮對方觀感。我曾經略為超重，為了某人，我放棄了最喜歡吃的雪糕，又把食量減半，結果兩個月減了 8kg。那時滿腦子都是他，每天都希望見到他，至少要聽到他的聲音。他對我的每一句讚美都使我樂上半天，知道他跟其他異性有交往，便妒忌到不行。他送我的每一件小禮物都視同珍寶，妥為收藏，當獨自時便拿出來看。自己也學着做一些小禮物送他。他的生日我牢牢記着，要做第一個祝賀他的人。我知道他的星座，查到跟我的星座很相配，就十分開心。他偶然生病，我就擔心到不得了。但我心中一直沒底，因為他一直沒拖過我的手，除了行山上斜坡時。他説過喜歡我，但從沒有説愛我，我了解其中的分別。日子就在甜蜜和焦慮中度過。終於有一天我看到他跟另一個女子的親暱舉動，當時如遭雷擊。曖昧變成清晰，無情還是有情，終有了答案。自尊使我十分堅決的退出了這段感情，我不用節食也輕了 5kg，如今一場『重感冒』已經痊癒，使我不怕在這個晚上，好像在講述他人的故事。」

在明滅的營火光照下，我看到她輕鬆的笑臉。

跟着是一個樣貌成熟名叫阿堅的男同學發言，他讀的是會計。

「從前有一位男士，幾代單傳，由於性情孤僻，五十歲還是單身。加上工作極忙碌，根本沒有時間結交異性。在爸媽的努力撮合下，他終於結了婚，妻子比他小十二歲，如果有孕，也已是高齡產婦。他們結婚兩年後，妻子終於懷孕，三個月後流產。再過一年，透過過程艱苦的人工授孕，生下一個男孩。男士的父母十分開心，滿月酒擺了五十多席。可是夫婦間感情出了問題，在孩子養育的問題上糾紛不停，終於發展到要以離婚解決問題。夫婦為爭孩子撫養權鬧上法庭，官判孩子歸母親。這位母親沒有再婚，但把孩子的姓氏改成跟自己同姓。

「這位男士的下一代從無到有，又從有到無。不過他的父母都已亡故，再沒有人催逼他了。

「若問我對這個人的家事為何知道得這麼清楚？因為——你們猜猜——因為我就是那跟母親同姓的孩子。」

時間還早，我作了補充發言：「這個晚上我們聽了兩位同學的坦誠發言，說明他們對自己的自信，和對我們的信任，相信大家都為此感動。

「記得我曾寫過一篇短文，題目是〈為「沒有」感謝〉：我沒有遺傳種種先天疾患，沒有誕生在赤貧之國，戰火之區，我沒有花容月貌而紅顏薄命，我沒有才高八斗而天妒英才，我沒有運動的天分，被選拔作不人道的操練，我沒有高智商，跳級去讀博士而失去童年……因此，沒有——無，其實也是恩賜。」

我聽到一陣滿意的掌聲，給這個有趣的晚上。

營火漸熄，主席宣佈下次的主題是「偶然和必然」，跟着帶領大家唱許冠傑的《浪子心聲》：

命裏有時終須有

命裏無時莫強求

雷聲風雨打

何用多驚怕

心公正白璧無瑕

行善積德最樂也

1. 理學，盛於宋明兩朝。其學說以儒家內容為主，同時也借鑒佛學和道教思想，講的是「性理之學」，培養對經書懷疑的態度，不教條化；繼而從疑經走上了改經的道路。其中北宋程顥、程頤兩兄弟為理學大宗師。

2. 在劉禹錫的樂府詩（其中一種舊體詩，迎合音樂以唱的詩歌）中，以民歌調名為題的，如《竹枝詞》（十一首），是他有意學習民歌體寫成的珍品。民歌體內容為民間眾生相，如勞動、風俗、樸素而熱烈的愛情等，甚具生活氣息。

3. 歌詞來自許冠傑主唱的粵語歌曲《浪子心聲》，許冠傑作曲，黎彼得填詞，是電影《半斤八両》的插曲，且收錄於同名的《半斤八両》的專輯唱片，是 1976 年度最暢銷的唱片。

四、偶然和必然間的自處

難得又是好天，雖然在郊外，仍然感受到暑氣。大家都穿着得涼快。主辦方準備了冰涼的西瓜汁，可以解暑。

今天的主題是「偶然和必然」，仍由我作開場白。

「徐志摩有一首詩不是他最好的作品，卻是最多人會背，因為被譜成了歌曲。這首詩叫《偶然》：

我是天空裏的一片雲，
偶爾投影在你的波心——
你不必訝異，
更無須歡喜——
在轉瞬間消滅了蹤影。
你我相逢在黑夜的海上，
你有你的，我有我的方向；

你記得也好，

最好你忘掉，

在這交會時互放的光亮！

「詩是比喻，兩人相遇像一片雲投影在海上，純屬偶然；但各有各的方向，分開又是必然。不過交會時曾經互放光亮，這美麗的一刻應不應記住，卻值得考慮。

「人生有很多偶然，帶給我們的生命許多變數。但同樣人生有他的必然，死亡就是其中一個。面對不可知的偶然和必將到來的必然，我們該如何自處是一門嚴苛的功課。

「我想聽聽大家的想法和看法。」

曾經發言的阿棟説：「我有一個中學同學，姑且叫他阿拔吧，從小他就是電單車迷。十八歲生日那天就申請考電單車牌，二十歲的生日禮物就是一架雅迪，十大名牌之一。是她姑媽送的。姑媽沒有子女，最愛錫是他。

「阿拔自從有了電單車之後，每個週末都去『鍊』車，他參加了兩三個電單車車迷組織，幾十人在新界的公路上呼嘯而過。聽說他還幾次參加非法賽車，也曾受傷過幾次，有兩次骨折。

「阿拔的父親曾對他說：『這樣下去，你必然發生嚴重車禍！』阿拔說：『放心！我技術好，這兩次偶然受傷，會使我以後小心點！』

「阿拔有女友了，一個美麗、活潑、好動的女孩，家中獨女。他們的假日節目經常就是公路飛車，女友緊抱着他，在較僻靜的馬路上以極超速的速度飛馳。

「悲劇終於發生，阿拔高速飛車時，扭軚閃避一部小路出大路的貨車，女友沒坐穩，飛墮撞礐，當場死亡。

「女友的母親正在病中，得知愛女亡故，病情加劇，也去世了。

「他父親說他必然會發生嚴重車禍，竟成預言，中國老話，『上得山多終遇虎』，即使極偶然的危機，如果經常去挑戰，去冒犯，最後撞板幾乎是必然。」

阿堅回應說：「這是個不幸的故事，但從正面來看，如果你經常在努力中，除非完全不可能，一個偶然的機會必然選中不懈的人。許多科學發明故事，說是科學家因一件偶然的小事而有大發明，像牛頓因一顆蘋果偶然打中他，而發現了萬有引力。然而，如果不是牛頓經常思考研究這方面的問題，再多的蘋果掉下來，也不會帶出他的發現。」

讀中國文學的 Cecilia 今天穿的是背心短褲，很涼快的感覺。她說：「老師剛才說，人生有很多不能預測的偶然，但死亡是必然。對老人家來說，經歲月的積累，已接受了這事實。對有宗教信仰的人來說，死亡只是塵俗生命的結束，另一個快樂的國度會等待他。對一個未有宗教信仰的年輕人來說，正擁有蓬勃的生命力，他們該如何面對這生命終結的必然呢？」

「我會選擇不思量。」也是讀中文系的敏兒說，「我有太多的事要忙，功課，學生會，補習賺錢，照顧健康欠佳的爸媽，我還要玩，還要拍拖，哪有時間想這未來的事？」

「我偶然也會想起，覺得人來到這個世界，建立了親情、友情、愛情，到頭來無論如何不捨，還是要走，難免遺憾。但想到遺憾又如何？什麼也改變不了，也就不想了，免得影響情緒。可是影響還是有的，有時覺得不及時行樂，未免太傻。」讀國際貿易的阿豐說。

「當一些親友離世時，尤其是年紀不大者的早逝，會覺得死亡離我並不遠。想到在他們離開後，很快就會被忘記，跟一棵草、一隻螞蟻的死沒有分別。我的心便感覺痛。」詩人李慕白說的時候，樣子真的好痛苦，「李白說『夫天地者，萬物之逆旅也；光陰者，百代之過客也。而浮生若夢，為歡幾何？』我這個過客總要留點東西在人間，才不枉來此一趟，此所以我夢想能留詩句在人間，沒有一首，哪怕一句也好。」

可能大家日間活動辛勞，我見有人開始打呵欠，便作最後發言。

「人類的歷史由偶然和必然組成，舊勢力的消亡是必然，但消亡過程的啟動，往往由偶發事件開始；新興力量由產生到壯大到取代舊勢力也是必然，但其產生也往往由偶發事件開始。這些偶然的事件何時發生可以相差百年，但總會發生卻是必然。作為有理想有志氣的年輕人，應是在社會進步中的新推手，把一個個偶然的成功，積累而成最後的勝利。」

主席宣佈下次的主題是「盲點」。在小提琴演奏的《偶然》琴聲中，有人哼着：

我是天空裏的一片雲，

偶爾投影在你的波心……

大家踏着星光歸去。

五、個人盲點的審視

黃昏下了一場大雨，天氣涼了許多。晚上依然星光明亮。今晚是營地最後一晚，所有營友都到齊了。

仍然由我做開場白。

「時間過得快，五天的營期來到最後一晚。過去幾天我們聊了人生不少問題，引發思考，相信各有得着。今晚的主題是盲點，有開車的朋友都知道，雖然汽車有倒後鏡、側鏡，但司機仍然有一處看不到後側的來車，這一處是司機的盲點，轉線時要轉頭後望，否則一過線便會撞車。

「人生也有盲點，因人而異，大多數的人有盲點而不自知，甚至把它當成優點。

「三國蜀大將關羽，以『義』受後世敬重，尊為關帝。黑白兩道都向之膜拜。

「若問關羽最能表現他的『義』是在哪一件事上？應是《三國演義》第五十回的〈諸葛亮智算華容，關雲長義釋曹操〉。

「三國最大戰役是赤壁之戰，中間經過許多圖謀，花費無數人力物力，到最後收網，本應令曹操受擒。關羽立下軍令狀，負責華容道上此重要任務。

「曹操果然帶領敗走將士出現在華容道，本應束手就擒，他對關羽説：『曹操兵敗勢危，到此無路，望將軍以昔日之情為重。』而關羽如何應對呢？《三國演義》是這樣説的：『雲長是個義重如山之人，想起當日曹操許多恩義，與後來五關斬將之事，如何不動心？』終於放走了曹操。

「為個人恩義，誤了國家大事，你説這『義』要不要得？可以説，這『義』正是他的盲點。」

「我有兩個小學同學，一個叫阿健，一個叫阿強。」發言的是阿堅，「大家都是街坊，自小踢球大的，就讀同一間小學，可以一碗叉燒飯三家食，一個被老師罰留堂，另外兩個等他罰完才一同回家。中學畢業，我讀預科，阿健進了警察學堂，阿強加入了黑社會。之後我進了大學，阿健當差入了反黑組，阿強下落不明。在一次反黑掃蕩行動中，阿健碰上阿強。阿強說他老婆正大肚，下個月就生，求阿健放過他一次。阿健本是義氣仔女，就放走了阿強。事情還是敗露了，阿健被革職。這個『義』字，在中國民間的教育中，一直深入人心，可是在實際生活中，會不會成為盲點？」

「如果我是阿健，到時真不知道該怎樣做？拉了自小玩到大的死黨，還是被革職，哪個更令我覺得遺憾？」Anna 說。

「感情的事不能靠政治正確解決。」阿棟說，「有時明知不對也會做。」

「愛情是盲目的，這話一點不錯。」詩人李慕白說，「一遇上愛情的事，我前後左右都是盲點。」

大家都笑了。

「我愛過全校最漂亮的女生，」詩人陷入回憶，「不但數以十計的男同學追她，追她的還有老師，包括已婚的。

「她表現得很天真，像是完全不知道人家的企圖，對大家一視同仁。

「我的對手有校運會男子組全場冠軍，有電視台業餘歌唱比賽亞軍，有學校話劇團男主角……我憑什麼？寫詩囉，每天都寫，抄在漂亮的信箋上，放進她書桌的抽屜。每次看到她讀後的笑容，就是對我最大的鼓勵。但她對此沒有任何回應，直到我在學校附近小公園的僻靜角落，不止一次看到她跟一個男生接吻，我的詩才寫不出。

「另一次我愛上來代課的英文女老師，笑容燦爛，聲音好聽到不得了。她是加拿大過來的博士交換生，利用假期來代課。她性格活潑又隨和，廣東話有口音，詞語有時也會用錯，引得大家發笑，我卻覺得特別可愛。她起碼比我大五、六歲，而且很快會回加拿大，但我完全不考慮這些，只是開始游說爸媽讓我去加拿大升學。

我準備在她代課的最後一天，問她要聯絡方法，想不到那天不見她來上課，代課的本校老師說她病了。一場單戀又結束。

「還有一場戀愛我正進行中，情況不樂觀，很痛苦，可是我捨不得放手。

「我安慰自己說：即使我得不到愛，我卻因此多了許多詩。」

我笑說：「原來盲點也有好處，先決條件是受得起帶來的創傷。」

我續說：「讀小說會看到人物的盲點，《三國演義》的楊修，在看不到有人會因為他能看穿心思而動殺機。他一句『丞相非在夢中，君乃在夢中耳！』，結果因『雞肋』而喪命。曹操的盲點在總是懷疑有人想謀害他，偽稱自己會夢中殺人，而真的殺了為他蓋被的近侍；誤會呂伯奢家人會害他，全部殺掉，怕外出的呂伯奢回家發現會對他不利，一並刺殺，留下『寧教我負天下人，休教天下人負我』絕頂自私的『名句』，為後世唾罵。他患了頭風，頭痛欲裂，尋得名醫華佗診治。華佗說要砍開腦袋，取出風涎。曹操懷疑他是想殺害自己為關公報仇，將之下獄。華佗竟死於獄中，曹操也失醫而死。

「從古至今，有人只看到錢，其他無所見；有人迷信武力，其他力量看不見。個人的悲劇和寰宇的災難不停上演。歷史的鏡子無助，奈何？祝願各位同學，從高處，多角度，審視自己的盲點，平安走你們的人生路。再見了，年輕朋友！」

主持向我致謝，建議給我熱烈的掌聲。

今晚的散場曲是《友誼萬歲》[1]：

怎能忘記舊日朋友，

心中能不懷想？

舊日朋友豈能相忘？

友誼萬歲！

1. 《友誼萬歲》，又譯《友誼地久天長》，是著名詩歌，以低地蘇格蘭語創作（原名：*Auld Lang Syne*），原意是紀念逝去的日子。由十八世紀蘇格蘭詩人羅伯特．伯恩斯根據當地口傳而記錄。這首歌亦譜上多國語言，中文歌詞也有多個版本。此處節錄所唱的是其中一個國語版本。

六、快樂之道

我走進宋老先生房間時，聞到一股茶香。

電池爐上一個紫砂壺冒着蒸氣。

「好香！」我說。

他為我斟了一小杯。我淺嘗。

「可嘗得出是什麼茶？」

「我在生活品質上是個粗人，對茶呀、酒呀都是外行。我想這是綠茶，感覺是既香且醇的。」

「是的，這是本省出產的滇綠，滋味醇濃，香氣持久。最宜盛夏飲用，生津止渴，消暑降溫。」

這時茶溫已減，我一口飲盡，宋老為我再斟滿一杯。

「先生退休隱居於此，讀書、寫字、撫琴、品茶，心中定充滿喜樂。人生短暫，且面對諸般苦，能像先生者有幾，就請先生談談快樂之道。」

他呷了一口茶，微笑道：「這可是個大題目，三天三夜也聊不完。不過聊天正是生活樂事之一，就讓我們來享受這種樂趣。」

我調整了一下坐姿，準備聽他說。「聽君一席話，勝讀十年書。」難得遇上一位有學問、有經歷的人，怎容錯過？

「北宋有個神童汪洙，他的作品鼓勵少年勤學立志，發奮圖強，卻又宣揚讀書做官，追逐名利，被編成一輯《神童詩》，作為兒童啟蒙教材。其中一首相當俗氣，名為《四喜》。」

「這我也曾見過：久旱逢甘雨，他鄉遇故知。洞房花燭夜，金榜題名時。」我說。

「用現代觀念看來第一句是物質得以滿足，第二句是友情得以滿足，第三句是愛情得以滿足，第四句是地位得以滿足。滿足就是歡喜，就是快樂。」

「這在賈寶玉看來是『祿蠹』[1]思想，可大部分人追求的快樂正是這些。」我說。

「每個人有權追求他所選擇的，只要不害人就是。這四項追求都有豐富的內容，以後我們逐樣談。可是你可發現這四句都有個共同點？」

「你說。」我一下想不到。

「『久旱』時間很長，『他鄉』身在外地時，『夜』結婚那一晚，『時』放榜那一刻。」

「說的都是『時間』。」我明白了。

「『時間』真的跟『快樂』很有關係。」他說。

「『花開堪折直須折，莫待無花空折枝。』[2]就是要我們在最恰當的時間去做應做的事。」我說。

「唉，人生遺憾的事往往由於失時。」他呷了一口茶，沉默了一會，像陷入回憶中。之後簡單地說了一段往事。

他讀大學時跟一個女同學很投契，兩人都喜歡寫詩，最多的時候每人每日最少一首，互相交換抄進各自的詩稿裏。不止一次，他們會分辨不出這首是誰寫的。那是政治火熱的年代，雙方的家庭成分都有問題，如果結成伴侶，問題將更複雜。因此情感的事只放在心裏。

大學草草畢業後，他們被分派到不同的地區和崗位，那時親人分散，愛情破碎是常事，像待宰的羊，面對註定了的命運，當時也沒有太大的悲傷。只是偶然想起，心裏會絞痛一下，那滋味很不好受，因此自然地避免想起。十年的時間，連通信也沒有，直至一場荒謬劇結束，他們回到同一個城市。在一次舊生聚會中重逢，得知她已結婚，有一個七歲的兒子。而他仍然單身。

「還有寫詩嗎？」她問。

「有，不多。」他說。

「能讓我欣賞嗎？」她問。

「下次聚會時給你看。」

「到時我們交換。」

在一個月後的聚會中，他們交換了詩集。同時說不用還了，因為都是新抄的一本。

「我當夜讀完她的詩，發現有幾首題目跟我寫的一樣，其中一首是『夢』，都很短，我還記得。」

宋老先生先背誦了她的一首：

夢中
他瘦了
我輕撫他的臉
醒來
記得
他的淚涼
他的唇熱。

他跟着背誦了自己那首：

我們手拖着手

從懸崖墜下

穿過雲霧

掠過樹叢

我看到她發亮的眼睛

沒有恐懼

只有歡欣

「我發現我們寫於分離後的第一年，同一個晚上。」他聲音低沉。

「你們還繼續聯絡寫詩嗎？」

「她跟她先生去了另一個城市，我們沒有交換任何相聯的地址。有些事情過去了就是過去了。」他聲音中有了睡意，我向他道了晚安。

1. 祿蠹：喻指整天想着做官，像蛀蟲一樣拚命鑽營，貪求官位俸祿的人。《紅樓夢》主角賈寶玉，最不喜歡這類人。

2. 出自中唐詩人杜秋娘的《金縷衣》，寓意人們不要貪慕榮華富貴，而應愛惜少年時光。

七、為歡幾何？

晚飯後就心心念念想去跟宋老先生聊天。聞到他室內傳出的茶香，我知道可以去了。帶了一盒澳門的杏仁餅過去，送茶很配合。

我見他桌上有一幅剛寫好的字，龍飛鳳舞，看得出寫時很是適意。

他寫的是李白《春夜遊桃李園序》，也是我喜歡的。他用國語朗誦道：

夫天地者，萬物之逆旅也；光陰者，百代之過客也。而浮生若夢，為歡幾何？古人秉燭夜遊，良有以也。

「浮生若夢，為歡幾何？怎可不珍惜所能運用的時間，好好快樂一番！所以白天過去了，用夜間來繼續。」他說。

「年輕時就有這樣的浪漫，與一班好友相聚，都是無家室的，不用回家交人。」我說。

「有沒有讀過陳與義的一首《臨江仙》？」他隨即朗誦：

憶昔午橋橋上飲，坐中多是豪英。

長溝流月去無聲。

杏花疏影裏，吹笛到天明。

「如此的浪漫和不羈，也只能在孤家寡人時全無心理壓力下享受。」他說。

他從牆上拿下一根長笛，吹奏起來，像是兩隻鳥兒互相以百囀千聲的歌聲相應對，充滿歡樂。聽完我熱烈鼓掌。

「馮子存大師[1]編曲的《喜相逢》，記念我們的相遇。雲南的茶花開得極美，找一個月夜，約一班知己，飲酒吟詩，吹笛到天明，如此樂事，不枉此生了。」他把笛子掛回原處。

「多情的詩人不但自己不睡，還想花兒也不睡，陪着他。像蘇東坡在一個香霧空濛月亮斜去的時刻，『只恐夜深花睡去，故燒高燭照紅妝』，被他強留的是海棠花。」我說。

「美好的時刻，我們都想留着。」宋老先生又陷入回憶。「那是一個雨後的夏日晚上，烏雲未完全散去，月亮時光時暗。我跟她看完一齣在學校大講堂放映的電影，是東歐國家一齣愛情片。我們一同散步回家，小徑上一些伸出來的樹枝有待修剪，樹葉上殘留的水珠不時灑上我們的臉。我們談論戲中人物的命運，分析他們性格上的缺點。當我們來到她宿舍門前時，話還沒有說完。她說不如送我回去，兩處相距十分鐘的路程。到我們來到我的宿舍時，我們對問題有不同看法，我建議送她回去，路上再談。就這樣我們不知來回多少次，直到她說再不回去宿舍要上鎖了。」

在某些特別的日子，人們會想盡力把時光留住，我想起童年的大除夕。

吃過年夜飯後，母親要清洗所有的鍋盤碗碟，因為大年初三之前不洗東西。

屋子裏瀰漫着紅棗茶的香味，爐灶上一大煲滾了又滾，那是用來招呼拜年的客人的。

牀邊椅子上有我的新棉襖和新鞋，都是母親手做的。新年初一我起牀時全身都是新的。

父親早已在大門上貼了他手寫的春聯，每到臘月，他為鎮上店舖和普通人家寫春聯過百副，直到今早還在寫。

飯後他開始收拾春聯用的紙張，大筆大硯台也歸了位。跟着是用紅封包封壓歲錢。

到了平日睡覺的時間，我上了牀，母親熄了爐子做了一會針線活，也去睡了。不睡的只有父親，他要守歲，就是至少過了午夜，新歲到了他才睡。

那是點煤油燈的年代，父親在我們睡後點燃了一根大紅燭，我因為興奮幾次醒來，燭光搖曳中我看到他的背影，他正在寫字。第二天早上我會看到他在紅紙上寫了「某某年新春開筆大吉大利」。客廳上還貼了一張「童言無忌」，怕我會説什麼不吉利語。

隔鄰的公雞把我叫醒，父親睡了，紅燭帶着淚剩下半截。算起來那時父親還不到四十歲，每到過年他已有韶華如逝水之歎，陪伴歲末的一分一秒以作惜別。寫本文時的我，正是他離世的年紀。

當我回憶往事時，宋老先生捧出古琴，輕輕彈了一首古曲。

「這是古曲《流水》，來自鍾子期和俞伯牙[2]的友誼。曾錄在金唱片[3]上，發射去太空。」

我見時間已不早，告辭了。

1. 馮子存（1904 年至 1987 年），中國笛子演奏家及作曲家，曾任中國音樂家協會理事。

2. 俞伯牙與鍾子期是一對至交典範。伯牙善於演奏，子期善於欣賞。伯牙演奏時，想到高山流水，子期同樣意會。由於這個故事，人們把「高山流水」比喻知音難覓或樂曲高妙，也有《高山》、《流水》的古琴曲。

3. 金唱片是根據一張唱片（音樂專輯或單曲等）的銷量而頒授的一個獎項。在世界各地也有頒授金唱片，不過獲獎所需的銷量要求各有不同，獎項通常會分為銀唱片、金唱片、白金唱片。

八、逝者如斯乎

我聽到宋老師房間裏的笛聲，曲調很熟悉，我隨着哼唱起來：

「昨日像那東流水，棄我遠去不可留，今日我心多煩憂。抽刀斷水水更流，舉杯消愁愁更愁……」

「黃安唱的《新鴛鴦蝴蝶夢》，我喜歡。」我走進宋老師房間。

他把曲子奏完，邊斟茶邊說：「歌詞來自李白的詩：棄我去者，昨日之日不可留；亂我心者，今日之日多煩憂……」

「那『抽刀斷水水更流，舉杯消愁愁更愁』就直接借用了。」我說。

「中國古典文學是取之不盡的寶庫。」他說。

「明朝楊慎的《臨江仙》做了《三國演義》的開場詞:『滾滾長江東逝水，浪花淘盡英雄』……也是把東流的逝水跟時間相比。」我說。

「更早的相比應該來自孔老夫子。有一天他在一條大河旁，看着河水滾滾而去，想到光陰亦是如此，不禁慨歎:『逝者如斯乎，不舍晝夜!』我們夜間睡了，流水並不休息，光陰也不會睡覺。」他說。

「你聽過《三國演義》電視劇的主題曲沒有?楊洪基主唱，慷慨雄壯，動人心弦。」他續說。

我沒聽過，宋老師清一清嗓子，清唱起來:

滾滾長江東逝水，浪花淘盡英雄。
是非成敗轉頭空，青山依舊在，幾度夕陽紅。
白髮漁樵江渚上，慣看秋月春風。
一壺濁酒喜相逢，古今多少事，都付笑談中。

老師用渾厚的男中音唱起來，氣墜丹田，聲震屋瓦。想不到他竟動了感情，要掏出手帕來拭淚。

「上了年紀，對此類文字就是易感。」他有點赧然，「你喝酒嗎？試試朋友送我的五糧液。」

「我平常不喝酒，但遺傳了父親的酒篩子，三五杯不醉。」

「那就好，五糧液是四川名釀，由小麥、大米、玉米、高粱、糯米五種穀類發酵釀成，試試！」

瓶子一開，酒香撲鼻，他斟了兩小杯，我們把杯子碰一碰，各自一飲而盡。

對酒當歌，人生幾何！譬如朝露，去日苦多。
慨當以慷，憂思難忘。何以解憂？唯有杜康。

我朗誦曹操的《短歌行》，到「譬如朝露，去日苦多」時，聲音有點哽咽。宋老師又把杯子斟滿。

「讀了曹操的詩，雖然羅貫中在《三國演義》裏多番抹黑他，也改變不了我對他的欣賞。」我說。

「去日苦多！去日苦多！」他搖頭，「可悲的是，許多日子莫名其妙的浪費了。」

「我想我們浪費的日子定比好好利用的日子多。」我說。想起了兩位朋友。

Peter 是退休會計師，六十歲退休後還接一些小公司的報税業務做，不久便厭倦了。每期的六合彩他都會買，開彩後他就要忙兩天，不停的計算。他太太説他收集了近十年的中獎號碼，他想根據或然率找到熱門的中獎號碼。六合彩每週開兩次，他有四天忙。可惜他始終沒有計算出大獎，就離世了。

陳老師訂了本市最有文化內容的報紙，剪貼其中幾位最有學問的作者的專欄，註明日期。九十八歲那年，他把過萬冊藏書捐給大學圖書館，幾十本剪貼簿無處可送，問我要不要，我的興趣不大，但家裏有地方，就承受了。如今陳老師已不在，他的剪報工作所花的時間算是白費了。

「這樣的人多得很，包括我們自己。」宋老師説，

「我們曾經談過多少次戀愛？經過幾十年，恍如場場春夢，那些焦慮、等待、患得患失的時間，換來的是什麼？」他說。

「還有從小學到大學，經歷過多少場考試！那些三角幾何、歷史地理，到今天用得着的有幾多？那些廢寢忘餐苦讀的時間，還不是白白花了！」我說。

「像我們這一輩七八十歲的朋友，來日無多，屈指可數，本應精打細算度過每一天。可他們每天仍是做些無聊或自尋煩惱的事，或事事計較，一點不放鬆，可憐至死不悟。」他說。

這時我看到桌上有他臨寫的蘇軾《赤壁賦》，我說：「與蘇軾同遊的『客』說得好：『寄蜉蝣於天地，渺滄海之一粟。哀吾生之須臾，羨長江之無窮……』人類真的渺小，像蜉蝣般生命短促，猶如宇宙間一粒微塵，存在與否並無分別，唯有奔騰的長江，無窮盡地繼續奔流。想起來多麼遺憾！」

「東坡（蘇軾）倒是懂得如何解脱這遺憾的，他說水不停的流，水去水還在；月亮圓了又缺，缺了又圓，還是那個永恆的月亮。你着眼他的變，每個瞬間都不同；你着眼他的不變，外物與我都是無止境的存在。」他說。

「這話有點難明。」我說。

「相隔九百多年，你能說東坡已不在了嗎？他的文字，他的書法，他對人生的看法都影響着這個世界。或許你說蘇軾不是普通人，可是任何一個普通人，他的存在都會帶來影響，只是我們看不到。」他說。

「這話有點玄。蘇軾的腦是超越時代的。」我說。

「蘇軾以下的話使我們更受用：

> 惟江上之清風，與山間之明月，耳得之而為聲，目遇之而成色，取之無禁，用之不竭。是造物者之無盡藏也，而吾與子之所共適。

「遲些我們同去滇池夜遊。時間不早啦，我該休息了。」他說。

看看手表已近午夜，我告辭了。

九、不思量，自難忘

今天收到明娟電郵，說她母親去世了。這消息來得突然，上月她父親久病去世，忽然又到她母親追隨而去。

說她父親久病，算起來有四五年。從柏金遜症初起，到說話不清，吞嚥困難，孩子們要上班，全憑她母親照料，隨着病情加深，她心力交瘁。上月父親去世，以為母親可以放下擔子，過些比較輕鬆自由的生活，想不到她竟急病而去。

今晚我跟宋老師談及此事，我說這算不算愛情的深摯表現？他替我斟了一杯茶說：「我不認識他們，四五年的辛苦照料，是愛情還是親情在支撐？心中可有怨言？他去了，可有如釋重負的感覺？如有，也是人之常情。她的隨之而去，浪漫的來說是心碎；也可能是平常太專注於照料丈夫，對自己的健康有所疏忽，丈夫去了，才發覺病情已深，補救已遲。無論怎樣，她總是一位難得的好妻子。」

「倒是會填詞的李清照（宋代詞人），丈夫死後雖也傷悲，卻能通過文字有所排遣。」我說。

「李清照的丈夫趙明誠死時，李清照四十六歲，辦理喪事後大病一場，卻能活到七十三歲。」宋老師對易安居士看來頗有研究。

「她的《聲聲慢》主要寫個人寂寞，『尋尋覓覓，冷冷清清，悽悽慘慘戚戚。』、『守着窗兒，獨自怎生得黑！』、『梧桐更兼細雨，到黃昏點點滴滴。這次第，怎一個愁字了得！』全詞如《秋水伊人》裏的一句，『不見伊人的倩影』。」我說。

「就是不見才寂寞，才要尋覓呀！」宋老師笑說，「喪偶後寫詩排遣悲懷，句句念着對方的有元稹（唐代詩人）的《遣悲懷》。他的妻子叫韋叢，婚後六年便病逝。」

「『顧我無衣搜藎篋，泥他沽酒拔金釵。野蔬充膳甘長藿，落葉添薪仰古槐。』下嫁窮漢的四件往事。這『泥他』就是厚着臉皮懇求過一次又一次。尋舊衣，當首飾，吃野菜，燒落葉，件件在記憶中，抱愧，感恩。」我說。

「『衣裳已施行看盡，針線猶存未忍開。尚想舊情憐婢僕，也曾因夢送錢財。』是詩人在妻子死後的四件作為。說明亡妻常在念中。是跟第一首的配對。」宋老師說。

「元稹擅寫警句，這三首詩中被傳誦的便有：『昔日戲言身後事，今朝都到眼前來。』、『誠知此恨人人有，貧賤夫妻百事哀。』、『唯將終夜常開眼，報答平生未展眉。』」我說。

「說到悼亡詩，我最欣賞的是東坡的《江城子》。他的妻子王弗，死去已十年，葬於眉州。當時東坡在相距數千里的密州，一個晚上做夢見了妻子，醒後寫了這首詞。那相隔十年仍覺揪心之痛，毫不造作的自然流瀉出來，我讀一次陪着痛一次。」宋老師搬來古琴，說要伴奏他的朗誦：

十年生死兩茫茫，不思量，自難忘。

千里孤墳，無處話淒涼。

縱使相逢應不識，塵滿面，鬢如霜。

夜來幽夢忽還鄉，小軒窗，正梳妝。

相顧無言，惟有淚千行。

料得年年腸斷處，明月夜，短松岡。

他的朗誦悲哀蒼涼，到朗誦完了，琴聲仍繼續，像明月仍默默朗照在空曠的大地上。

「古曲：《長相思》。」他把琴放好。

「不過喪偶之痛最使人痛楚的不是這個。」宋老師說。

「是哪個？」

誓掃匈奴不顧身，五千貂錦喪胡塵。

可憐無定河邊骨，猶是春閨夢裏人！[1]

宋老師背誦後長歎一聲，「前面的悼亡屬於已知，這一首則是死者已曝骨於無定河畔，閨中女子卻仍在夢中跟他相會，這是多麼殘酷的事！試把兩個畫面相比照，一邊是流水嗚咽，冷風蕭瑟，支離的白骨散亂一地；一邊是笑淚相迎，緊緊擁抱，燭光下相互凝視，同說：想得好苦。反戰詩中，這首是絕唱。」

夜已闌，我盡了已冷的苦茶，告辭了。

1. 這首詩是唐代詩人陳陶的組詩作品《隴西行》四首中的第二首。該詩詠歎漢代李陵伐匈奴而全軍覆沒的史實，反映長期的邊塞戰爭，給人民帶來的苦難。

十、別種輪迴

星期日的清晨，麗江街頭陽光普照。

一早醒來想去街上吃粥，經過洋人街，所有的店鋪都未開門，這些流浪異鄉的洋鬼子，每逢週末都拿啤酒把自己灌得半醉，星期天不到下午不開門。

粥店一下找不到，卻來到一個小墟市，附近村莊的農民把他們自家種的瓜果蔬菜拿出來擺個小地攤。

一個蹲着的女子正從一小堆瓜果前站起，陽光下的側臉有點面善。她轉臉望過來，「阿米！」我確定是她。雖然她穿着一條顏色鮮豔的白族裙子。

阿米是我一本詩集的插圖師，是我所有作品中最有風格的一本。

「你怎麼來了？」我們同時問。

「我來小住一個月。」我說。

「我們來大住一年。」她說笑。

「你們？」我問。

「我結婚了。」她說，「老公是鬼佬。」

「恭喜你！」

「有空嗎？來看看我們的愛巢。」她付了手上瓜果的錢，在前面引路，十分鐘已到。路上我知道他們在香港結婚，來此度蜜月就留下了。

原來他們包下一家七間房的小旅館，長租一年。

小旅館有一個不小的天井，天井一角有口水井。牆邊花木扶疏，我聞到桂花的幽香。

「鬼佬去跑步了，這是他每天的習慣。」

她帶我參觀他們的工作室，有一張很大的桌子，佔了房間的一半。桌上有兩部手提電腦，牆上是十五呎闊的展示板，上面有兩幅阿米的作品，我認得那一顆顆圓圓的頭顱。另外一幅大畫，是麗江古鎮一角的鳥瞰，那紮實的素描功底，配上渲染式的淡彩，很有味道。

「他畫的？」

「怎麼樣？」

「比你好。」

「所以才嫁他。」

「這房子裝修花了不少錢？」

「除了工作室，只是把蹲廁換成坐廁，也不過三百塊錢。」

我忽然記起約了朋友談出版的事，要回酒店。便約她晚上帶鬼佬來我處，介紹他們認識一位有趣的老人家。

「他叫 Wilson，喜歡人家叫他阿威。」

「晚上見。」

他們約八時來到，阿威熱情地跟我握手。他個子不高，前額微禿，有一對銳利的眼睛，嘴角常帶笑意。使我意外的，是他帶了一把結他來。

宋老師已知道今晚會多兩位客人，桌上多了兩副杯子。

他們帶來雲南特產鮮花餅，一層層的酥皮，稍碰即碎。裏面包着整瓣的新鮮玫瑰，一進口便覺酥香軟糯。覺得用來伴茶甚為配合。我還是第一次吃，準備買些做手信送人。

「你先介紹你自己。」阿米下令。

「我叫阿威，丹麥出生的加拿大人，中國女婿。」

他的普通話很標準，舌頭捲得不錯。

原來他童年在安徒生的家鄉度過，博物館裏滿目都是安徒生童話的插圖和雕塑，醜小鴨、美人魚、皇帝的新衣、賣火柴的女孩……

他十二歲隨父母移民加拿大，完成了中學課程，考進美術專科大學，主修插畫專業。畢業後為幾本書做過插圖，拿了一個大獎，獎金夠他旅遊一個月，他從香港到廣州，在廣州美術專門學校找到一份插圖系講師的工作，用英語授課，開始苦學中文和普通話。

「你們是怎麼認識的？」我問。

「説起來阿濃你是媒人。」他説。

「我？」我的眼睛瞪得很大。

「那天我主持一個講座，談兒童書的插圖，她來聽。」他説。

「那段日子我是美專雕塑班的學生，學校有燒陶瓷的窯可借用。我專燒些奇形怪狀、非古非今的東西。我也曾為幾本童書畫過插圖，其中一本是你的《是我心上的溫柔》。」她從背囊中拿出一本來雙手奉上給宋老師看。

「好有風格哦！」宋老師一看便讚。

「我帶了這本詩集去聽講座，看看這個鬼佬有沒有『料』！」

阿威聳聳肩膀，伸伸舌頭。

「有料我就拿給他看，沒料就拉倒。」她做出兇惡的樣子。

「她聽完講座留下不走，拿這本書給我，說請我指教。我隨手翻了翻覺得很喜歡，插畫有強烈的個人風格，東西方特色相結合，還有滿紙的童真。我們交換了電話和電郵地址。」

「過了兩天他有電郵給我，説很喜歡這本書。他説文字不深，很多篇他都明白。第一篇題目是『歌』，他只有『盈眶』兩字不認識，已請教了他的中文老師。」她説。

「從此我們有一段互相探索和了解的日子，充滿快樂。」他説。

「他的聘任期結束，我的課程也告一段落，他跟我回香港，我們結婚了。結了婚才知道上當！」

「？」我和宋老師都給了一個問號。

「除了畫畫什麼都不會做，睡覺鼾聲又大。」她嗔怪地看他一眼。

「我會幫你按摩，還會幫你洗頭。」

「別説這些！」她紅了臉。

「我們住在南丫島，那裏有很多外國人，我們認識了一些喝咖啡的朋友。」她說，「他接了兩本外國的童書畫插圖，我幫一間大酒店畫了四幅大畫。」

「在香港最旺的地區，我看過，就在酒店大堂。」我說。

她說：「香港的局勢有點亂，我們又回到他的老家多倫多。他爸還在，見兒子回來很開心。我們在近郊租了一間大房子，租金便宜得你不相信。

「我們把二千平方呎的地下室做了工作間，我因偶然的機會迷上做布玩偶，都是可愛的動物，黑熊、鱷魚、浣熊、大蜘蛛……那大熊有九呎高，大蜘蛛還結了一個大網。

「我為布玩偶開了一次個展，最後一天人最多，口碑帶來觀眾。

「我們是呆不住的人，加拿大的生活太平靜太悶，我們的靈感開始枯竭，是我提議再一次流徙，他立刻同意了。

阿威說：「其實我早已想走，只是不敢對她說。

「這次我們選了麗江。」

「為什麼？」宋老師問。

「因為她的古，這是一個古城；因為她的今，有全世界的藝術家來此流浪創作；因為她跟其他中國大城市不同，她有強烈的少數民族風。」她說。

「來到之後我發現還有許多好處，氣候好，生活便宜，我愛吃魚，十塊錢可以買到好大一條。」他說。

「你們真是幸運兒，一生可經四次輪迴。」宋老師說。

「什麼是輪迴？」阿威問。

「佛家的說法，人死後重新投胎，成為另一生命體，不一定是人，可以是一匹馬或一頭牛。即使做人，也可以是窮人可以是富人，可以是男人可以是女人。」

我說。

「很有趣，米米，你下世做男人，我做女人。」他說。

「你做女人我也不娶你！」她說。

「為什麼？」他好像很失望。

「第一你生得醜，第二不會做家務。」她說。

阿威攤攤手。

「宋老師，為什麼你說我們是四次輪……」阿威問。

「輪迴。」她提他。

「你們在華南最大、最具南國特色的城市生活過，在本是殖民地變成特區的多種文化不同制度的東方之珠生活過，在北美洲多元文化的西方民主社會生活過，又來到中國西南充滿少數民族風的歷史古城過一段日子，四種完全不同的處境和生活，不等同四度輪迴嗎？而且你們不用喝孟婆茶，每一世都清楚記得。」宋老師替大家添上新茶。

「什麼是孟婆茶？」他問。

「據說每人投新胎、做新人之前，一個姓孟的老太婆要你先喝一杯茶，喝了之後，前生的事全忘記。」我說。

「噢，這是真正的洗腦茶。」他敲敲自己的腦袋。

「阿濃，你的詩集我最喜歡第一首《歌》，我把它譜成了曲子，今天要唱給你聽。」

他拿起了結他，調了調音。

我有一首歌

從未對人唱（噢，從未對人唱～～）

今天忽聞你唱出

和我心中歌一樣（噢，一樣！一樣！）

唱罷你一笑（噢，笑得真好看！真好看！）

我淚已盈眶（噢，嗚嗚～～嗚嗚～～嗚嗚～～）

我們一同拍手。

「阿威，你可知道她為什麼笑？我為什麼哭？」我問。

「當然知道。」他偷偷抹掉一滴淚。

……………………………

「有空多來坐哦！」宋老師說。

「一定！來聽宋老師講你的輪迴。」

十一、命該如何？

記得童年曾經歷過戰爭，轟炸機在屋頂呼嘯而過，隔鄰被炸得一片瓦礫。也經歷過瘟疫，弄堂裏許多家掛出藍燈籠，屋裏傳出哭聲。幸運的我在死亡的空隙中逃出，最後擁有了豐富的人生，這與命運可有關連？這晚上要聽聽宋老師的意見。

「萬般皆是命，半點不由人。」從前許多人都是這樣相信的，宋老師說。

「你相信嗎？」我問。

「聰明如曹雪芹也讓讀者相信。」他說。

「你說他對『金陵十二釵』[1]的預言？」我想到了書中「正冊」、「副冊」對那些女子命運的預告。

「還有對這個大家庭未來命運的描繪，大家最記得的『飛鳥各投林』[2]:『為官的，家業凋零；富貴的，金銀散盡；有恩的，死裏逃生；無情的，分明報應。欠命的，命已還；欠淚的，淚已盡。冤冤相報實非輕，分離聚合皆前定。欲知命短問前生，老來富貴也真僥倖。看破的，遁入空門；痴迷的，枉送了性命。好一似食盡鳥投林，落了片白茫茫大地真乾淨！』」

我佩服宋老師的記性，我只記得「落了片白茫茫大地真乾淨」。

「『分離聚合皆前定』，標準的宿命論。」我說，「有人想知道自己的命運如何，就會找算命先生算一算。他們的根據一是生辰八字，二是面相，三是掌紋，四是名字。」

「如今許多人剖腹產子，生辰八字可以自己定。」宋老師笑說。

「如今許多人去整容，眼睛、下巴都可以不同。」我笑說。

「在原子彈攻擊下，日本廣島和長崎共有十多二十萬人在數日內同時死難，這共同的命運又有誰算得到？」宋老師說。

「不過『相由心生』這話我倒是相信的。」宋老師繼續說，「有一次我們大學舊同學聚會，跟以前大學青蔥歲月的純潔不同，各人都換了一副面相來。有一句話，據說是林肯說的：人到四十，要為他自己的長相負責。這班同學不少都已是社會名流，他們的行事大家都略有所聞。不知是不是心理作用，他們的樣貌雖然輪廓尚在，但那眼神流露的神彩，面部肌肉的組織變化，都跟傳聞相配合。」

這不由得我對他端詳了一下，但覺老人家慈祥、溫文，卻又有一種智慧的狡黠，經歷風霜後的堅毅。

「不少人想改變自己的命運，方法之一是改名，術士說他五行缺什麼就改個名字來補，缺水的用了『淼』，缺金的用了『鑫』，缺木的用了『森』……事情可有這般簡單？」我說。

「自古便有一種方法去改變和創造命運，就是找一塊風水地埋葬先人。晉朝的陶侃[3]，家道貧窮。父母死後，覓地下葬。遇一老人，說你家牛隻正睡在前面山窪，那是塊子孫昌盛的寶地，可別錯過。陶侃依照所說，後來果然做了大官，而且世代相承。後來人們將適合埋葬先人的風水地稱為『牛眠地』。因為要找尋牛眠地，有些子孫長久不將父母下葬，使他們不能入土為安，被責為不孝。」

「香港墳地十分擠迫，那擠在一塊的骨殖，是不是會帶給他們子孫同樣的影響？」我說。

「《三國演義》中諸葛亮患了重病，算到自己壽數已盡，因為憂心國事，想作法禳解，延壽一紀。卻在中途被闖進來的魏延，將主燈撲熄。諸葛亮不怪他，說是『死生有命，不可得而禳也。』後來他手書遺表給後主，也說：『伏聞生死有常，難逃定數。』諸葛亮信命，也曾努力改變命運，可惜失敗。作者羅貫中總結這一回說：『萬事不由人做主，一心難與命爭衡。』」宋老師說。

「這看法未免消極，近年有個說法：『知識改變命運』，我是同意的。知識不但能使個體甦醒、自強、飛躍，全民知識水平的提高，也能改變國運，由貧窮落後轉為富強。」我說。

「這可是你們做老師的責任哦！」宋老師說。

「責任重大，不敢怠慢！」我說。

「來！敬你一杯！」他舉杯與我相碰。

1. 金陵十二釵，《紅樓夢》中最優秀的十二位女子。「金陵」指南京，「釵」指女子，書內太虛幻境薄命司以十二為一組將賈家上、中、下三等女子編成正、副、又副三冊。林黛玉、薛寶釵、賈元春、賈探春、史湘雲、妙玉、賈迎春、賈惜春、王熙鳳、巧姐、李紈、秦可卿為十二位正冊女性名單。

2.《飛鳥各投林》是《紅樓夢》中《紅樓夢曲》總收尾的曲子。飛鳥各投林是指家散人亡，總寫了賈寶玉和金陵十二釵等人的不幸結局，和賈府「樹倒猢猻散」的破敗景況。

3. 陶侃，東晉名將。出身寒門，在世族壟斷高位的東晉是一個例外。他不單在軍事上作出貢獻，治下荊州亦太平安定。

十二、高山流水

晚飯後的最佳節目就是跟宋老師聊天，我聽到琴音響起，就知道他在等我了。相處的日子雖不多，我們已是好友。

「剛才彈的是《高山》，現在再彈《流水》。高山流水，記載的是一段動人的友誼。」

我知道他說的是俞伯牙和鍾子期的故事，靜靜地聽他把琴奏完。

「『明日隔山嶽，世事兩茫茫。』這次我的幸遇，帶給我生命中許多啟示。但想到我們不久又將分別，而且再見無期，還是令人有點傷感的。」我的語調透露了我的心情。

「多情的杜甫經二十年重逢好友衞八，『昔別君未婚，兒女忽成行』。他日我們有緣再見，不知是何等情況？」

「宋老師也上網麼？網上相晤，天涯若比鄰，早淡化了相思之苦。」

「我還沒準備使用手機，怕它會徹底改變我的生活節奏。古人如有上網，恐怕後世少了許多表達思念的絕唱。」

「我覺得杜甫重視友誼多過李白，杜甫寫過不少懷念李白的詩，李白卻少有而且感情不深。杜甫記得他們曾『醉眠秋共被，攜手月同行。』李白被貶夜郎瘴癘之地，杜甫一連三晚夢見他。『三夜頻夢君，情親見君意，告歸常侷促，苦道來不易。』他慨歎『冠蓋滿京華，斯人獨憔悴。』但預言李白會享有『千秋萬歲名』，遺憾的只是當前的『寂寞身後事』。杜甫可算李白第一粉絲和知己。」

「李白倒也不是無情之人，他送別孟浩然，『孤帆遠影碧空盡，惟見長江天際流。』那悠悠不盡之情，脈脈流淌至今。他也領略到朋友對他的情誼，『桃花潭水深千尺，不及汪倫送我情。』」

「是呀，你倒提醒我在《阿濃陪你讀唐詩》中，介紹李白一首具備現代意象的送別詩，他送韋八去西京：

客自長安來，還歸長安去。
狂風吹我心，西掛咸陽樹。
此情不可道，此別何時遇？
望望不見君，連山起煙霧。

為思念友人，他想狂風把他的心吹到咸陽去，掛在樹上，可以就近看見他。這是何等的『煙韌』！」

「什麼是『煙韌』？」

「類似『纏綿』。」

「友情在離別時特別顯露，『勸君更盡一杯酒，西出陽關無故人！』王維送元二的詩。朋友啊，一過陽關，老朋友就不再在身邊啦！多麼令人惆悵！於是一唱三歎，唱了又唱，成為《陽關三疊》。有一首古琴曲《陽關三疊》就是依王維這首詩譜曲的，是中國十大古琴曲之一。」

「老師肯不肯奏來一聽？」

宋老師閉目凝神了一會，開始演奏，我猜他是懷想着某些好友而撫琴的，琴聲也帶引我想起了幾位朋友，君子之交，其淡如水，但相契相知相信，雖多年不見，見時仍無話不可說。其中幾位已逝，此時腦海出現他們的聲音笑貌。

琴聲終止，我們一時無言。

「好朋友而能常在一起，可遇不可求啊！」我說。

「所以白居易想跟元宗簡（元八）做鄰居時，寫了一首詩：

平生心跡最相親，欲隱牆東不為身。

明月好同三徑夜，綠楊宜作兩家春。

每因暫出猶思伴，豈得安居不擇鄰。

何獨終身數相見，子孫長作隔牆人。

想像月下一同散步，一棵楊柳帶來兩家春色，不但此生可常相見，連兒孫也是好鄰居。友情濃到令人醉。」

「可惜好友的關係並不容易維持，影響友誼的因素太多：因地區之遠隔，階級之差距，政見之分歧，錢財之糾紛，還有大大小小的誤會，在我們的親友通訊錄上，經十年而尚有聯繫的有幾？」我說。

「不過朋友這關係卻是人際最好的關係，因為他的平等互利，因為他的既親又疏，因為他的選擇多元，因為他的來去自由，我們可以在原有的關係：父子、夫婦、師生、上下級之外，加多一重朋友關係，兩父子、兩夫婦、兩師徒、上級和下屬都可像朋友，壓力得以減輕，溝通更為容易。大家的感情只會增加，相處更為融洽。隨着歲月變遷，這種全面『友化』，不妨有意識地去促成。」

宋老師說到這裏，忽然拿起笛子吹出一個我熟悉的輕鬆旋律，我跟着唱，向雪懷這首《朋友》填得真不錯：

繁星流動

和你同路

從不相識開始心接近

……………………………………

……………………………………

情同兩手一起開心一起悲傷

彼此分擔總不分我或你

你為了我　我為了你

共赴患難絕望裏緊握你手

朋友

十三、超級播毒者

今天旅舍發生一宗拘捕事件，據說一個外國人因藏毒被捕。跟宋老師喝茶時談到雲南以前是毒品黑點，這些年情況已有改善，但在幾個大城市的洋人間，問題依然嚴重。

「其實吸毒對身體的傷害已是常識，為什麼還有人跌進毒網呢？」我問。

「因為有超級傳播者。」宋老師說。

「毒販？」

「多數是雙重身分，吸毒兼販毒。先是吸毒，毒癮深了，經濟上支持不來，加入販毒隊伍。吸毒罪輕，因是受害者；販毒罪大，因是害人者，許多國家可判死刑。」宋老師說。

「看來超級傳播者有幾種，病毒的超級傳播者本身是受害者，身帶大量病毒，被動傳給大量他接觸過的人。毒品的超級傳播者是你剛才所說的癮君子加毒販，主動播毒謀取經濟利益。還有第三種，那是思想上的播毒，不一定有利可圖，只是想壯大他的黨羣。」我說。

「思想上的播毒者，基本上也分兩種，一種明知自己的思想並不為社會所接受，屬於邪魔外道。一種認為自己無比正確，放之四海而皆準。認為自己無比正確的就會大張旗鼓，公開大力宣揚。因此也受到公眾監督，法律規限，播送受到約制。自認邪魔外道的就採取較隱蔽的方式進行。前幾年這裏就出現過一宗近百人『中毒』事件。」宋老師說。

「這件事是怎樣的？」

「事件由一位畫家開始。畫家是個有男性魅力的中年人，談吐幽默，風流倜儻，已婚，收了不少男女學生。授課餘暇，師生飲咖啡、喝酒閒聊。」宋老師說。

「很有浪漫氣氛的藝術沙龍。」

「談話間，有同學問及老師的浪漫史，說以老師這樣的人物，定有不少豔遇。」

「可以想像得到。」我說。

「老師面色一正，說他對太太的愛是專一的，此生不會改變。」

「難得！」我說。

「可是老師跟着來了一個『但是』，他說但是他認為『靈』、『慾』是可以分離的。對配偶靈慾結合，是人生最美境界，但不妨礙同時可享受單純肉慾的快樂，這是上天給我們肉體的恩賜，不該浪費。」宋老師說。

「同學們對此沒有質疑嗎？」我問。

「當然有，其中最多人問的是配偶能接受嗎？」宋老師說。

「他怎樣回答？」我問。

「他說，這需要說服。他說他太太是同意的，因為他允許太太做同樣的事。」

「後來呢？」我問。

「後來就發生許多婚外性行為的事，包括他跟許多學生間，學生與學生間，學生與朋友間的肉體關係，導致許多家庭破裂。有人報了公安，雖然都是成年人，都是雙方自願，一批人還是判了刑，包括這位老師。」宋老師說。

「我倒是另外有一個例子，播的也是思想上的毒。」我說。

「中毒者一般都是思想上、情緒上出現問題，給播毒者可乘之機。」宋老師說。

「正是，這是一個已婚女子，自小沒有享受過家庭溫暖，只因父母都把個『錢』字看得太重。讀書時又被同學集體欺凌，連老師和社工都使她失望。完成學業後結了婚，婚姻生活又不理想。後來她遇到一個『師傅』，一位十分聰明的朋友，也是有一班徒弟圍繞他。『師傅』一次又一次幫她解決了難題和危機，用的是合法和偏門的方法。理由是既然合法的手段解決不了，就不該拒絕其他方法，重要的是結果。漸漸她對他奉若神明，言聽計從。」我歎了一口氣。

「後來怎樣了？」宋老師問。

「作為她的朋友，我知道她天性中有正直，有是非，有同情，有憐憫，但我覺得她漸漸變了。她談話三句不離『師傅』，『師傅』有不少語錄，她倒背如流。」我說。

「你可記得一些？」

「聽過之後很難忘記。好像：『師傅說，人際關係只有一種，就是互相利用。』、『師傅說，做事失敗的三大原因：心軟、講道德、相信別人。』、『師傅說，做事的目的只有一個：贏！』……」

「唉，他灌輸的這一套，短期來講的確有其功效，長期來講，必是輸家，到最後剩下他孤家寡人一個。」宋老師說。

「生活中有這樣那樣的思想播毒者，污染人心，使我們的世界愈來愈不美麗，真使人開心不起來。」我說。

「別難過，讓我奏一首《快樂頌》給你聽。」

宋老師拉起二胡，跟我同唱：

歡樂女神聖潔美麗，
燦爛光芒照大地！
我們心中充滿熱情
來到你的聖殿裏！
你的力量能使人們，
消除一切分歧，
在你光輝照耀下面，
四海之內皆成兄弟。

十四、惻隱之心

走進宋老師房間時，他正在對付一隻飛蛾。

這飛蛾比較大，身上有褐色的花紋。燈光把它從園子裏引進來，繞着亮光飛撲一番後，伏在壁間休息。

宋老師一手拿個玻璃空瓶，一手拿張卡紙。他把空瓶輕輕罩住飛蛾，把卡紙插進牆壁與瓶之間，把牠拿下。飛蛾在瓶中撲動。宋老師雙手拿着瓶子伸出窗外，揭開卡紙，讓蛾飛出，把空瓶拿回，隨手關上窗門。

「宋老師，你的做法跟我一樣，我不想對追求光明的生靈嚴酷對待。」

「到如今還沒有一個科學家能夠把非生命物質製造出一個生命出來，因此我不想隨便摧毀一個生命，不論是多卑微。」

「宋老師，這也包括蚊子和蒼蠅？還有老鼠和毒蛇？」

「這些生物可能危害我們的生命，上天安排牠們是我們的敵人。牠們殺害我們不會內疚，因此我們也可以這樣對付牠們。但我仍以防守為主，譬如裝紗窗不讓蚊蠅進屋，以防鼠防蛇的設施代替捕鼠捕蛇。也不會在捕獲後施以酷刑。」

「宋老師，你對螞蟻有什麼看法？」

宋老師在書架上翻出一本書，書名是《有情世界——豐子愷的藝術人間情味》，他打開其中一頁，是豐子愷的一幅畫，題目是《螞蟻搬家》。一羣螞蟻排成一長列，是在搬家吧？我們曾見過這場面，螞蟻銜着牠們的卵和食物，由一處搬往另一處，這情況往往在大雨前出現。據說在洞穴中預感大雨將至，為安全計要搬往高處。當我們兒時感覺無聊，這壯觀的場面會看上老半天。說其壯觀是因為像《浮生六記》[1] 所載，我們投身進入這小小世界。畫中可見一小孩正搬一個小板凳去遮蓋蟻路，之前已有四個板凳，像是一節節的小火車。

「孩子最有愛心，他們怕人們走過時，衝撞了隊伍，用板凳提醒。」

「大人對無所不在的螞蟻感到厭惡，佈置一種有毒的粉筆在牠們出沒的地方，牠們把粉末帶進巢穴，就會發生滅門之禍。我總覺得是一種不仁的做法。」我說。

「不把食物遺留在螞蟻能到的地方，清掃牆角牆邊，不讓昆蟲屍體留下，螞蟻就不會來。」宋老師說。

「宋老師，你對『放生』這回事怎樣看？」

「有人用放生來積聚功德，買些龜鱉鳥獸之類來放生，結果鼓勵了別人以捕捉來謀財，過程中使這些生靈傷亡無數，想積德變成造孽。但我不完全反對放生，在偶遇的情況下，我們見有動物面臨死亡威脅，動了惻隱之心，放生還是一件美事。」

宋老師說他曾買下一頭待宰的牛，一隻老牛被拉去屠房前流下眼淚，宋老師買下送去一動物農莊，飼養牠到老死。

「孟子見齊宣王，宣王曾經見一隻牛要被拉去殺來祭鐘，這隻牛害怕得發抖，宣王不忍，命令換一隻羊進行祭禮。有國人以為用羊換牛是國王小氣。孟子肯定了宣王的惻隱之心，引導他以此施仁政。先生對一隻蛾、一頭牛也有惻隱之心，可說是仁者。」

「說到仁政，我認為世界各國，應該追求一個全球性的仁政，而不是勾心鬥角，追求一國甚至一黨一人之私利。」

「宋老師可不可以說得詳細一點？」

「全球性的仁政，第一是地球上再沒有人會餓死，大家都能吃飽。第二是地球上每個國家都能病者得其醫，遇有疫症流行，大家能聯手對抗，迅速遏止。第三是再沒有大小規模的戰爭，既沒有第三次世界大戰，也沒有地區性戰爭，核武永不使用，所有戰爭武器的製造費用，改為和平用途。人類需要無數心存仁愛的大小領袖，才能夠把我們的地球打造為宇宙間的樂土。」宋老師說時竟眼含淚光，我為他這番話鼓掌。

「孟子的理想說了二千三百多年，如今世界是進步了還是退步了？我剛才說的還不是癡人說夢！」他歎息。

這時玻璃窗響了一下，一隻大蛾在窗外撲翼，可能是剛才那隻，受了光明的引誘，不由自主的回來了。

1.《浮生六記》是清代文人沈復的自傳式散文，「浮生」二字意思是「人生」。全書共有六卷，今僅餘前四卷。內容包含夫妻生活、生活情趣、人情冷暖、漫遊訪勝、遊歷琉球及養生道理。

十五、佩弦佩韋

宋老師問我這次旅行還到過什麼地方，我說吸引我的往往與文學有關，像濟南的大明湖、千佛山，因為讀了《老殘遊記》[1]；杭州的西湖有許多騷人墨客的吟詠，包括白居易、蘇東坡；泰山有杜甫的「一覽眾山小」，孔子的「登泰山而小天下」；杜牧的「夜泊秦淮近酒家」，俞平伯和朱自清的散文《槳聲燈影裏的秦淮河》吸引我遊覽了這六朝金粉所凝的水流。

「朱自清字佩弦，你可知其中含義？」宋老師問。

「我聽說過，古人怕自己性子急，就在身上佩戴皮帶，名為『佩韋』，有舒緩的意思；怕自己性子慢，便佩戴弓弦，名為『佩弦』，有緊張的意思，用來提醒自己。看來朱自清有感於自己性慢，就為自己取了這麼個號。」

「古人性急的故事有『揠苗助長』，不少家長犯了這個毛病。小小年紀就在壓力下成長。」

「笑話中有王藍田吃雞蛋，用筷子夾雞蛋夾來夾去夾不到，就用手抓起來丟在地上用腳踩，把屐齒踩折了還是踩不中，索性拾起放進嘴裏，嚼爛了吐在地上。這故事《世說新語》[2] 上有。」我說。

「新文學中寫個性而成為典型的人物有阿 Q[3]，『阿 Q 精神』這種性格普遍得很。」

「我倒不完全排斥『阿 Q 精神』，不失為一種精神安慰劑，包括『比上不足，比下有餘』、『塞翁失馬，焉知非福』。」

「的確是，文革期間許多人熬不住迫害，自殺死了；許多人靠『阿 Q 精神』活了下來。」宋老師說。

「差不多的時間，胡適寫了《差不多先生》[4]，想針對的，也是中國人性格上的缺點。可是說教的味道重，有生硬堆砌的感覺，而且《阿 Q 正傳》的意義遠不止此，他莫名其妙的被判死，是那個時代浪潮中一個農民小人物的悲哀。」我說。

「就在近代，大小運動中，多少阿Q這樣的人被送上刑場！」宋老師歎息。

「古典名著中，以性格被國人視為典型的有哪個？」我問。

「其實不多。《三國演義》中最突出的三個人：諸葛亮、關羽、曹操。諸葛亮的足智多謀不屬個性，是政治和軍事技巧。關羽之『義』連黑白二道都同時敬重，在他的畫像上寫的就是『義薄雲天』。曹操之多疑和奸詐是通過許多事件鋪排出來的，像殺呂伯奢一家，夢中殺人事件。俗語：『曹操也有知心友，關公也有對頭人。』就是把兩個性格相反的人相比對，他們所代表的已深入民心。」宋老師說。

「有人說『他成個好似賈寶玉咁！』、『這世代林黛玉這樣的女子很難有人愛了。』賈寶玉是自命多情的公子哥兒，林黛玉小氣、妒忌，多愁善感，這是《紅樓夢》塑造的人物性格。說真的，兩個都不怎麼可愛，稱人為賈寶玉、林黛玉有嘲諷的意味。」我說。

「性格走向極端，便成笑話。《儒林外史》[5] 裏的嚴監生，彌留之際不肯斷氣，原來他嫌牀頭油燈用了兩根燈芯草，要挑掉一根才咽氣。這吝嗇的性格是極致。」

1.《老殘遊記》，清末四大譴責小說之一。清代劉鶚著。正編二十回，續集九回，外編殘稿一卷，敘述江湖醫生「老殘」在遊歷所見所聞。「老殘」的寓意是「棋局已殘，吾人將老，欲不哭泣也得乎？」

2.《世說新語》是魏晉南北朝筆記小說的代表作，記載東漢至東晉間的高士名流、統治階層的言行風貌和軼聞趣事，由南朝宋劉義慶召集門下食客共同編撰。全書分上中下三卷，依內容分有：德行、言語、政事、文學、方正等等，共三十六篇，每篇收有若干則，全書共一千多則，文字長短不一，隨手而記。

3. 阿Q是魯迅小說《阿Q正傳》裏的主角，魯迅藉由阿Q這個人物，反映中國人在性格上的問題，如自滿、自以為是、思想封建落後等。事實上能力比不過別人，卻慣於自我安慰，自我感覺良好，不思反省，形成嚴重的性格缺陷。

4.《差不多先生傳》，是胡適的一篇傳記寓言，諷刺當時社會那些處事不認真的人，從處事不認真到處世不認真。

5.《儒林外史》，吳敬梓著。清代長篇諷刺章回小說，全書五十六回，花十餘年完成。描寫清初康雍時期關於讀書人的功名和生活，近二百個人物。內容有不少是史實，部分人物也是真實的歷史人物。嚴監生是書內其中一個重要角色。

十六、人各有志

走進宋老師房間前，已聽到他古琴的聲音，進房後聽到他在低吟：

老驥伏櫪，志在千里。

烈士暮年，壯心未已。

我說：「曹孟德（曹操）的詩，胸有大志的梟雄。宋老師有感而發乎？」

「青春歲月，讀書人誰不曾有過大志？經過歲月消磨，成了伏櫪老馬。奔馳千里，決勝人生戰場，大夢一場而已。」

他把琴收好，替我滿斟一杯普洱。

我看到他兩鬢斑白，笑中帶着苦意，想像到他歷經的種種起伏跌宕，到如今仍能自得其樂，享受這夕陽餘暉，心中萌生一股敬意。

「燕雀安知鴻鵠之志[1]？秦代的農民造反領袖陳勝自比鴻鵠，他的大志也不過是個人的富貴而已。」我說。

「畢竟一個人的理想、胸襟總是有其時代和學識局限的。北宋的教育家、思想家、理學家張載的志向就宏闊得多。」宋老師說。

「張橫渠先生（張載）那四句話我也記得：『為天地立心，為生民立命，為往聖繼絕學，為萬世開太平。』可惜他五十八歲就離世了，能做的畢竟有限。這幾句話也有點抽象。宋老師，依你的理解，能不能把這幾句話說得淺白些？」我說。

「對這四句話的頭兩句有較多的不同理解，後兩句說得比較明白，後人看法也較一致。我說得粗疏點是：『肯定上天有仁愛之心，為天下百姓謀生活的富足，把前代聖賢的學問傳之後世，建立一個永遠的和平世界。』宋老師說。

「這四項任務是哲學家、宗教家、政治家、經濟學家、生物科技家、教育家、和平實踐家……共同努力的目標，只其一項已經算得是大志了。」我說。

「其實在中國文化中，對一個人抱什麼志向是很包容的。從最積極的作為到最消極的不作為，都有人欣賞。」宋老師說。

「香港中學生要讀的課文之一：《岳飛之少年時代》，岳飛的父親對岳飛說：『使汝異日得為時用，其殉國死義乎？』岳飛回答說：『惟大人許兒以身報國家，何事不可為？』為國捐軀，就被視為一種偉大的志向。」我說。

「你會唱《滿江紅》嗎？」他問。

「會呀。」我說。

「我吹簫你唱。」他說。

「怒髮衝冠憑欄處，瀟瀟雨歇。抬望眼，壯懷激烈……」

我記起那年跟一班年輕朋友同遊西湖，在岳飛墳前齊唱《滿江紅》的往事，那時熱血沸騰，胸中也有一番大志，今天卻有「俱往矣」之感。

「他的壯懷就是他的壯志，他要駕長車，踏破賀蘭山缺，他要饑餐胡虜肉，渴飲匈奴血，待從頭收拾舊山河，朝天闕。可惜壯志未酬，屈死在自己人手裏。這是歷史的大悲劇。」宋老師說。

「歷史上壯志未酬的事太多了，」我說，「杜甫悼諸葛亮：『出師未捷身先死，長使英雄淚滿襟。』能人如孔明，也敵不過大勢，任你嘔心瀝血，還是難挽狂瀾。」我歎息說。

「不過世事也不能完全以成敗論英雄，孔子死時，並不覺得自己的理想已經實現，他發出過『道不行，乘桴浮於海』的慨歎。想不到他的學說對後世影響之大。」宋老師說。

「這『浮海說』倒是影響了許多人，李白說：『人生在世不稱意，明朝散髮弄扁舟。』蘇軾說：『小舟從此逝，江海寄餘生。』不過他們都只是說說而已。」我說。

「陶淵明比較實際，他退出官場後，覺今是而昨非，歸園田居，享受那份農耕生活的閒逸去了。」宋老師說。

「從來立志是一件事，能不能踐志是另一回事。司馬遷立志繼承先祖和父親的畢生功業，記述歷代史事。身任太史令之職，卻因為李陵事件激怒了皇上，其罪當誅。但他考慮到大志未酬，情願屈辱接受腐刑，換取餘生，完成震鑠千古的傑作《史記》。」我說。

「文學大師沈從文在寫作事業上受到打擊時，沒有讓自己頹廢消沉，轉向研究中國古代文物，寫成了很有學術價值的《中國古代服飾研究》，讓生命沒有白過。」

宋老師在書架上拿了一本裝璜精美的書給我看，說已有多種外文譯本。我小心翻閱了一下，手上沉甸甸的，我捧着的是一位生命鬥士的心血。

「相對於志向的宏大積極，中國文化中也包容他的反面，最典型的故事是許由洗耳。上古時代的許由在德行方面有很高的名聲，堯帝想把帝位讓給他。許由覺得這番話玷污了他的耳朵，就到潁川河裏洗耳。他的朋友巢父牽牛走過見了，問他幹嘛洗耳？許由說因為聽了不中聽的話，巢父怪他把自己弄得那麼有名氣才惹上麻煩，便把牛拉到上游去飲水，說別玷污了他那隻牛的嘴。」我說。

「中國歷史上有不少人以不求爵祿仕進受到讚美。像伯夷（周朝）、叔齊（周朝）、嚴光（東漢）、介子推（春秋晉國）、陶淵明（東晉）等都是。」宋老師說。

「我認為對年輕人來說，有一個積極遠大的志向還是值得鼓勵的。梁啟超寫過一首《志未酬》，很適合青少年朋友用來勉勵自己。」我把他背誦了出來：

志未酬，

志未酬，

問君之志幾時酬？

志亦無盡量，

酬亦無盡時。

世界進步靡有止期，

吾之希望亦靡有止期。

眾生苦惱不斷如亂絲，

吾之悲憫亦不斷如亂絲。

登高山復有高山，

出瀛海復有瀛海。

任龍騰虎躍以度此百年兮，

所成就其能幾許？

雖成少許，

不敢自輕。

不有少許兮，

多許奚自生。

但望前途之宏廓而寥遠兮，

其孰能無感於余情？

吁嗟乎！

男兒志兮天下事，

但有進兮不有止，

言志已酬便無志。

宋老師笑道：「吾志未酬，但已告止，因為『知止而後有定，定而後能靜，靜而後能安，安而後能慮，慮而後能得。』這是《四書》[2] 中的《大學》說的。」

「或許這正是對年長者和年輕人要求不同之處。」我說。

「『眾生苦惱不斷如亂絲，吾之悲憫亦不斷如亂絲……』一夜長談，心潮起伏，該休息啦！」他說。

「晚安！」

1. 「燕雀安知鴻鵠之志」，出自《史記．陳涉世家》（陳涉即陳勝），又見《莊子 內篇．逍遙遊》，意思是燕雀怎麼能知道鴻鵠的遠大志向，比喻平凡人哪裏知道英雄人物的志向。

2. 《四書》，是中國儒家的經典書籍，是指《論語》（記錄孔子言行）、《孟子》（孟子學說）、《大學》（出自孔子弟子曾子）、《中庸》（出自孔子之孫子思）。《四書》分別出於這四位早期儒家的代表性人物，所以又稱為《四子書》。

十七、春花秋月

未走進宋老師房間，已聽到熟悉的歌聲，鄧麗君在唱：「明月幾時有？把酒問青天……」

我靜靜坐下，一直聽到她唱了最後一句：「但願人長久，千里共嬋娟。」

「是的，明天就是中秋了，蘇軾這首千古名作，因現代的歌曲獲得新的生命。」我說。

「編曲是梁弘志，歌者是鄧麗君，都已不在了。『人長久』只是美好的願望。」宋老師說。

「梁弘志，我倒不曾聽說過。」

「他是台灣音樂家，他著名的作品還有《恰似你的溫柔》。」

「哦，這歌我也喜歡。」我説，「宋老師，你喜歡讀詞嗎？」

「我喜歡部分作家，不喜歡的更多。」

「為什麼不喜歡？」

不喜歡內容太多傷春悲秋，境界太小，感情偏於瑣細。」宋老師説。

「李煜的『春花秋月何時了，往事知多少。』也是傷春悲秋，因為來自亡國之痛，不屬無病呻吟，對他的『問君能有幾多愁，恰似一江春水向東流』就能理解和同情了。聽老師的口氣，我猜老師應該比較喜歡蘇東坡和辛棄疾了。」

「的確如此。我喜歡東坡的『大江東去，浪淘盡，千古風流人物』。那氣魄，那胸襟，一掃詞壇女兒家忸怩作態之風。」宋老師説。

「我同意。我還喜歡他對人生的態度，看破，豁達，愈是到了我這樣的年紀，愈是欣賞：『回首向來蕭瑟處，歸去，也無風雨也無晴。』」我說。

「說到情深，許多人寫過對妻子的悼亡詩，包括被眾人傳誦的元稹的『唯將終夜常開眼，報答平生未展眉』。我對蘇軾的『十年生死兩茫茫，不思量，自難忘』更為感動。」宋老師說。

「跟東坡同屬豪放一派的辛棄疾，我最欣賞的是他的『狂』：『不恨古人吾不見，恨古人不見吾狂耳。』、『我見青山多嫵媚，料青山見我應如是。』」我說。

「別以為他『狂』，他欽佩前輩，善用前輩佳句，更添新意。『不恨古人吾不見』來自陳子昂的『前不見古人』，『我見青山多嫵媚』來自李白的『相看兩不厭，只有敬亭山』。」宋老師說。

「他那曾親臨戰場的豪氣，是書生意氣的東坡也寫不出來的：『醉裏挑燈看劍，夢回吹角連營。』、『馬作的盧飛快，弓如霹靂弦驚』。而『了卻君王天下事，贏得生前身後名』更是豪氣干雲。」我說。

「辛棄疾也善於描繪生活，他寫元宵節的《青玉案》那場景，那氣氛至今無人能及：『東風夜放花千樹，更吹落，星如雨。寶馬雕車香滿路。鳳簫聲動，玉壺光轉，一夜魚龍舞。』視覺、味覺、聽覺都有了。」宋老師說。

「其中那千古名句：『眾裏尋他千百度，驀然回首，那人卻在，燈火闌珊處。』隱藏了一個浪漫故事，而『眾裏尋他』的經歷，從來都在不斷上演。」我說。

「自古以來，詞中有幽默感的其實不多，辛棄疾是少有的一個：『大兒鋤豆溪東，中兒正織雞籠，最喜小兒無賴，溪頭臥剝蓮蓬。』他最喜的是小兒的『無賴』，讀到這裏就使人微笑了。」宋老師說。

「老師你說不喜歡那些傷春悲秋，無病呻吟的作品，也能舉個例子嗎？」

「這或許是我個人的偏好。南宋詞人吳文英也是大家了，他的『何處合成愁？離人心上秋。縱芭蕉、不雨也颼颼。都道晚涼天氣好，有明月，怕登樓。』我就覺得他是『為賦新詞強說愁』(辛棄疾詞)，並非真情實感。」宋老師說。

「中國文學中詞雖不及詩的豐厚、博大、精深，但不乏名家、佳篇、麗句，仍是值得欣賞吟味的。」我說。

「是的，詞的生命力猶在，近代寫詞而且寫的好的並不罕見。」老師說。

「我知道明晚老師跟朋友有賞月之會，不來打擾你了。」我說。

「中秋節快樂！」我們一同說。

十八、別是一般滋味

今夜中秋，宋老師跟朋友賞月去了。獨自在中庭賞了一會月，夜涼露重，返回房中。上網偶然聽到一位名叫吉萍唱的一首叫《明月夜》的歌，聲音高亢，有北方女子音色。最意外的是看不到歌星本人，卻看到周潤發和吳倩蓮配合歌詞的演出。

發哥很年輕，笑容迷人，表情生鬼。吳倩蓮楚楚可憐，惹人喜歡。以前不覺得發哥有多可愛，反而這歌曲的片段演出，讓我看到了他的魅力。

這歌既然好聽，當然要了解多些，竟有許多發現，原來作曲的是張國榮，原曲粵語版《沉默是金》，難怪旋律有點耳熟。

我順道重聽張國榮自己唱的《沉默是金》，也才知填詞是許冠傑，有為張國榮度身訂造的味道。作為當紅藝人，難免謠諑紛紜，任你如何辯解，總難掩他人之口。所以歌詞中有「自信滿心裏，休理會諷刺與質問，笑罵由人，灑脫地做人」、「現已看得透，不再自困」這樣的句子。

《明月夜》是國語版，填詞謝明訓，原唱也是張國榮，之後有多人翻唱，包括童麗、陳思思等。歌詞說的是多年前有人在窗前等他，經過多年，他回來尋她，想着：

等待我的人是否還坐在窗前，

帶幾行清淚迎接晨昏？

是否還依然在門前掛一盞小燈，

牽引我回到你身邊？

但結果他失望了：

經過多少年只有我還在窗前，

冷冷的黑夜在我身邊。

沒有一盞燈，

沒有一個等待的人，

只有夜色依舊如從前。

明月夜，

依舊如從前。

佩服製作人把電影《花旗少林》中發哥和吳倩蓮的演出配合得如此天衣無縫。

「明月夜，依舊如從前？」我不覺一聲歎息。

《明月夜》的連結是：

https://www.youtube.com/watch?v=9f-8p_0rzUU

十九、不可無癖

在宋老師門外已聞到茶香，坐下後他一絲不苟地進行了整套功夫茶的品嘗程序。

「宋老師，您的喜好還真不少。品茶，撫琴，寫字，旅遊……」

「還有讀書、下棋、觀鳥……明代散文家張岱在《陶庵夢憶》中說：『人無癖，不可與交，以其無深情也。』」

「宋老師，為什麼無癖就無深情？」

「用到『癖』字，表示對某樣喜好已愛到不能捨棄的程度。這就是情。如果對生活中所有事物都漠然，怎能期望他對朋友有深情呢？」

「宋老師，其實生活中的癖好會帶給人什麼影響呢？」

「清代文學家張潮在《幽夢影》中說：『花不可以無蝶，山不可以無泉，石不可以無苔，水不可以無藻，喬木不可以無藤蘿，人不可以無癖。』蝶好，泉好，苔好，藻好，藤蘿好，都帶來生氣。無癖的人，下班後無所事事，拿份報紙，看着看着就睡着了。」

「認識一位患了抑鬱症的朋友，不停喊寂寞，覺得生活苦悶，沒有人生樂趣，建議她找點感興趣的事做做，她一口回絕。對萬事萬物都無情，怎會對他人有情？」

「因此癖好的第一個影響是帶給你許多朋友，集郵有郵友，旅行有行友，玩音樂有樂友，養龜有龜友，繪畫有畫友，玩攝影沙龍有龍友，一同品茶是茶友，一同貪杯是酒友，互相通訊是筆友，一同寫作是文友……」

「我們都喜歡談天，我們該是談友。在談天中我們獲得知識，獲得人生經驗，也獲得友誼。」我深深有感。

「説到獲得知識，確是如此。當我們開始對某個題目感興趣時，基本上是個門外漢。進入這個羣體之後，發現其中學問無比豐富，愈涉獵愈感興趣。而同好們都樂於將知識無償告知。很多人因此成為這方面的專家。」

「有朋友本來從事某個專業，移民後他的專業在當地難找工作，想不到他的業餘愛好書法，為他招收了一批學生，解決了生活問題。之後成為多個社團書法班的導師，分身不暇，在藝文界很有地位。」我想起了我的一位好友。

「我有一位朋友，業餘嗜好是人像素描，幾分鐘內寥寥幾筆，就能勾勒出一個人的神情，讓看的人讚歎。那年他做背包客到歐洲旅行，別人要到餐館洗碗賺旅費，或者到農場冒着毒日頭摘果，都是辛苦的工作。他在公園樹蔭下或涼亭裏對着各色遊客畫幾個小時，贏得笑聲和讚歎之外，一日三餐連旅店費用全不成問題。」宋老師説。

「我有一位朋友是攝影發燒友，在攝影學會認識一位女影友，大家都對香港的日出日落景色感興趣，後來他們相約走遍香港、新界、離島各處山頂、海旁、崖岸，拍攝了過千幅的日出、晨曦、日落和夕照，開了一個專題影展，兩人培養了感情，成為夫婦。」我說。

「卻也有相反的情形，一位朋友是攝影發燒友，把所有工餘、假期時間都用來打龍（參加沙龍攝影比賽），他太太不知多少次表示不滿，他就是不聽。有一次他太太要進醫院做一個小手術，他卻隨一個攝影團到南洋某地去影鳥。他太太很傷心，他回來後，兩人吵了一大架，後來竟離婚了。」宋老師說。

「所以業餘興趣雖然好，卻也要懂得節制。古人提醒我們不要玩物喪志，因為太沉迷什麼，忘記了人生更重要的目標。也別疏忽家人的感受，別在金錢使用上輕重倒置，為有所好，影響了家人的生活質素。像一些古代文物收藏家，一擲十萬金購買心頭好，家人要為他節衣縮食。」我說。

「不過許多古代文物，成百倍的升值，對他的經濟狀況大有裨益。而且這正是他業餘嗜好興趣之所在，哈哈！」宋老師說。

尾聲

外出購物回，房間地上有宋老師短簡：

濃兄：因事明日暫離，今夕乃告別之聚，屆時詳談。

宋

事出突然，不禁悵然。

依時往宋老師處，房中傳出《陽關三疊》的笛音。

我進去默默坐下，他一曲既罷，斟滿兩杯葡萄酒，說：「勸君更盡一杯酒，記念我們的萍蹤之聚。」

我跟他碰杯說：「身體健康！」

「何事去也匆匆？」我問。

「記得那位跟我一同寫詩的朋友嗎？」他問。

「記得，夢中懸崖墮下那位。」

「她來信了，經過一番轉折我終於收到。」他舉杯喝了一口，「她先生去世了，她嚴重抑鬱，想見我一面。原來她現今在大理。」

「哦，這麼近，當天可到。」我說。

「我不知哪天回來，回來時你該走了。這罐滇綠送你留念。」

「謝謝！這對毛筆送你寫字，這本《是我心上的溫柔》是阿米託我送你，她今天特地送來，留在接待處。」

「謝謝你！也替我謝謝阿米！祝你未完成的旅途愉快！」

「祝你有快樂的重逢！你的出現會使那位朋友很快恢復健康。」

我們再次碰杯。

散文談

小引

散文是花樣最多的文體，小品、遊記、論文、日記、書信、雜文、評論、傳記、碑銘都是散文，因此余光中說：「散文是一切作家的身分證。」散文寫不好，連作家的資格都會失去。

小說有作者塑造的各式人物，而散文的主要角色是作者自己。因此長期閱讀某些作者的專欄，對這些作者會相當了解。

小說虛構的成分可以達到百分之一百，散文是最難做假的文字，虛構成分可能只在百分之二十左右。

余光中既寫詩又寫散文，他曾將詩和散文作有趣比較，我曾模擬數項，日子久了，已忘記哪些是他說的，哪些是我說的。就記憶所及列寫如下：

散文是妻子，詩是情人。

散文是散步，詩是跳舞。

散文是門，詩是窗。

散文是水，詩是酒。

散文是說話，詩是唱歌。

散文可包括事、景、情、感四種成分，可全篇寫事，如《戰國策》之《馮諼客孟嘗君》；全篇寫景，如柳宗元《永州八記》之《小石潭記》；全篇陳情，如李密之《陳情表》；全篇議論談所感，如王安石之《讀孟嘗君傳》。其他兩項至四項結合者不勝枚舉。

散文之篇幅可長可短，如蘇軾的《記承天寺夜遊》，僅八十三字。而白居易的《與元九書》則長達三千五百字左右。

香港報章專欄是散文天下，風格多樣，類別甚眾，大致可分議政派、公關派、飲食派、家事派、玄學派、專業派、健康派、綠色派、文藝派、旅遊派、寵物派等，百花齊放。

一、哲學散文

《莊子》

說到哲學散文，古今中外，沒有人比莊子的《莊子》寫得更好。他能以汪洋闊大、華麗暢達的文字，表述奇特深邃的哲理，充滿想像力和趣味。他既是哲學家也是文學家，兩方面都帶給後世深遠的影響。

在《莊子》的《養生主》中，有一篇〈庖丁解牛〉，講的是順乎自然以養生的道理，借一個廚師宰牛十九年，那把刀仍像剛磨過一般的鋒利，來說明生命如何可以避免受到損傷而保存得完美。文章寫廚師宰牛時那番氣勢，那種自信、自豪，真箇是耀目生輝。

> 庖丁為文惠君解牛，手之所觸，肩之所倚，足之所履，膝之所踦，砉然向然，奏刀騞然，莫不中音。合於《桑林》(舞樂名) 之舞，乃中《經首》(音樂名) 之會。

文惠君曰：「嘻，善哉！技蓋至此乎？」

庖丁釋刀對曰：「臣之所好者，道也，進乎技矣。始臣之解牛之時，所見無非牛者。三年之後，未嘗見全牛也。方今之時，臣以神遇而不以目視，官知止而神欲行。依乎天理，批大郤（骨節連接處），導大窾（骨節空虛處），因其固然，技經肯綮（筋骨結合的地方）之未嘗，而況大軱（盤結骨）乎！良庖歲更刀，割也；族庖（一般廚子）月更刀，折也。今臣之刀十九年矣，所解數千牛矣，而刀刃若新發於硎（剛磨過）。彼節者有間，而刀刃者無厚；以無厚入有間，恢恢乎其於遊刃必有餘地矣，是以十九年而刀刃若新發於硎。雖然，每至於族，吾見其難為，怵然為戒，視為止，行為遲。動刀甚微，謋然（解脫）已解，如土委地。提刀而立，為之四顧，為之躊躇滿志，善刀而藏之。」

文惠君曰：「善哉！吾聞庖丁之言，得養生焉。」

這個故事形成的成語有「庖丁解牛」、「目無全牛」、「新發於硎」、「遊刃有餘」、「躊躇滿志」。

《菜根譚》

比起《莊子》,《菜根譚》只屬通俗哲理小書，但自明代至今暢銷多年。作者洪應明，明代萬曆年間人，生平不詳。這是一本語錄體的書，糅合了儒家的中庸，道家的無為，佛家的出世，成為一本處世、修身、對待生活的指導性書籍。文字簡短，言近旨遠，常被引用。摘錄幾段給大家欣賞：

寵辱不驚，閒看庭前花開花落。

去留無意，漫隨天外雲捲雲舒。

這是被引用最多的一則，教人不論在得意或失意時，都能像這自然界的事物般平常對待。

憂勤是美德，太苦則無以適性怡情；

淡泊是高風，太枯則無以濟人利物。

教人即使具備美德高風也要適可而止，走向極端，反為不美。

學者有段兢業的心思，又要有段瀟灑的趣味。若一味斂束清苦，是有秋殺無春生，何以發育萬物。

這則跟上段一樣，主張努力跟消閒要得其平。不但做學生的要注意，家長對待子女也要注意他們除努力讀書外，同時要培養瀟灑的性格。

二、歷史散文

歷史和傳記，文字也屬散文類。寫歷史用的是史筆，着重脈絡清楚，事實準確。文學的散文，着重感情的表達，敘述的形象化和美化。唯司馬遷的《史記》，能融匯兩種筆墨，形成了前無古人，後無來者的文學歷史或歷史文學。

司馬遷的《史記》一百三十篇中，人物傳記佔一百一十二篇，其中悲劇人物有一百二十多個，這或許跟他本身不幸的遭遇有關，他對悲劇人物有更多的悲憫與同情。也表現了他不以成敗論英雄的歷史觀。我們就以他寫的悲劇人物為例，看看他的文字。

先看荊軻的易水送別：

太子及賓客知其事者，皆白衣冠以送之。至易水之上，既祖（祭路神），取道，高漸離擊筑，荊軻和而歌，為變徵之聲（感覺蒼涼），士皆垂淚涕泣。又前而為歌曰：「風蕭蕭兮易水寒，壯士一去兮不復還！」復為羽聲（高亢激越）慷慨，士皆瞋目，髮盡上指冠。於是荊軻就車而去，終已不顧。

多麼的簡潔，又多麼的現場感，以送行者的激越表現：垂淚涕泣、瞋目、髮衝冠，反襯荊軻的冷靜決絕。

再看項羽的別姬：

項王軍壁垓下，兵少食盡，漢軍及諸侯兵圍之數重。夜聞漢軍四面皆楚歌，項王乃大驚曰：「漢皆已得楚乎？是何楚人之多也！」項王則夜起，飲帳中。有美人名虞，常幸從；駿馬名騅，常騎之。於是項王乃悲歌慷慨，自為詩曰：「力拔山兮氣蓋世，時不利兮騅不逝。騅不逝兮可奈何，虞兮虞兮奈若何！」歌數闋，美人和之。項王泣數行下，左右皆泣，莫能仰視。

英雄末路，泣對美人。悲壯一幕後世舞台上搬演不絕。

三看屈原的投江：

屈原至於江濱，被髮行吟澤畔，顏色憔悴，形容枯槁。漁父見而問之曰：「子非三閭大夫歟？何故而至此？」屈原曰：「舉世皆濁而我獨清，眾人皆醉而我獨醒，是以見放。」漁父曰：「夫聖人者，不凝滯於物，而能與世推移。舉世皆濁，何不隨其流而揚其波？眾人皆醉，何不哺其糟而啜其醨？何故懷瑾握瑜，而自令見放為？」屈原曰：「吾聞之，新沐者必彈冠，新浴者必振衣。人又誰能以身之察察（潔淨），受物之汶汶（玷玷）者乎？寧赴常流而葬乎江魚腹中耳。又安能以皓皓之白，而蒙世之温蠖（塵穢堆積）乎？」乃作《懷沙》之賦。於是懷石，遂自投汨羅以死。

寫歷史而以對話表屈原之志和自沉之由：「人又誰能以身之察察，受物之汶汶者乎？寧赴常流而葬乎江魚腹中耳。」漁父和屈原的對話也是兩種世界觀的對碰，讀者可自行選擇認同。

歷史散文的另一本大書是《資治通鑑》，北宋司馬光主編的三百萬字編年體史書。書名由宋神宗所定，取其「有鑑於往事，以資於治道」。是朝廷、官員借歷史為鏡，幫助治理國家的書。

試舉其中寫魏國大將吳起的事為例，看《資治通鑑》的文字。吳起，衞國人，在魯國做官，但娶了個齊國妻子。齊國攻打魯國，為了不讓人說閒話，他把齊國的妻子殺了，只為能任命為將。這樣一個殘忍的人，卻是一個善戰的將領。《資治通鑑》上記載他為將之道：

> 起之為將，與士卒最下者同衣食，臥不設席，行不騎乘，親裹贏糧，與士卒分勞苦。卒有病疽者，起為吮之。卒母聞而哭之。人曰：「子，卒也，而將軍自吮其疽，何哭為？」母曰：「非然也。往年吳公吮其父疽，其父戰不旋踵，遂死於敵。吳公今又吮其子，妾不知其死所矣，是以哭之。」

吳起善為將，編者選了一個極具代表性的例子說明其事，他肯為下級士兵吮疽瘡，士兵為他賣了命。到他又為那士兵的兒子做同樣的事時，這兒子的母親就擔心得哭了。編者的選擇是一種智慧，而敘事也是明白曉暢的。

三、論說

孔門四科：德行、言語、政事、文學，可見說話佔重要位置。孔子認為一言可以興邦，一言也可喪邦。歷史上善於說話的人不少，以言語影響國家大事，春秋戰國時蘇秦、燭之武、魯仲連以至孟軻、墨翟都是其中表表者。《三國演義》中諸葛亮舌戰羣儒，也是一位好辯之士。

以文字來論說，在古文中佔重要篇幅。其論點、論述、論證、論辯、論結都極為講究，因為要經得起考驗和辯證。好的論說文值得背誦，熟讀一個數量，有助於寫作議論文。下面我會介紹兩位大家的兩個名篇，因為議論文極講結構，無法剪裁，要全篇轉載。

韓愈《師說》

古之學者必有師。師者，所以傳道受（同授）業解惑也。人非生而知之者，孰能無惑？惑而不從師，其為惑也，終不解矣！生乎吾前，其聞道也，固先乎吾，吾從而師之；生乎吾後，其聞道也，亦先乎吾，吾從而師之。吾師道也，夫庸知其年之先後生於吾乎？是故無貴無賤，無長無少，道之所存，師之所存也。

嗟乎！師道之不傳也久矣！欲人之無惑也難矣！古之聖人，其出人也遠矣，猶且從師而問焉；今之眾人，其下聖人也亦遠矣，而恥學於師。是故聖益聖，愚益愚。聖人之所以為聖，愚人之所以為愚，其皆出於此乎？

愛其子，擇師而教之，於其身也，則恥師焉，惑矣！彼童子之師，授之書而習其句讀者，非吾所謂傳其道、解其惑者也。句讀之不知，惑之不解，或師焉，或不焉，小學而大遺，吾未見其明也。

巫醫、樂師、百工之人，不恥相師；士大夫之族，曰師、曰弟子云者，則羣聚而笑之，問之。則曰：「彼與彼年相若也，道相似也。位卑則足羞，官盛則近諛。」嗚乎！師道之不復可知矣！巫醫、樂師、百工之人，君子不齒，今其智乃反不能及，其可怪也歟！

聖人無常師，孔子師郯子、萇弘、師襄、老聃。郯子之徒，其賢不及孔子。孔子曰：「三人行，則必有我師」。是故弟子不必不如師，師不必賢於弟子。聞道有先後，術業有專攻，如是而已。

李氏子蟠，年十七，好古文，六藝經傳，皆通習之。不拘於時，學於余，余嘉其能行古道，作師說以貽之。

第一段是立下全文綱領。第一句就用了個「必」字，不容辯駁。隨即定出師的三個作用：傳道、受業、解惑。而人非生而知之，不從師則惑永不能解。跟着指出尊人為師，其實是尊道為師，因此無貴、無賤，無長、無少，誰有道就向誰學習。

層層遞進，嚴密論斷之後，連續指出當時三種不正確的社會風氣：

一、以向人學習為恥。

二、為子女求師，自己有不足卻不肯求教。

三、巫醫、樂師、百工都樂於向能者學習，士大夫向同輩學習卻受到訕笑。

跟着以聖人孔子為例，一個正面的榜樣，他向許多人學習，即使他們不比孔子有學問。以重磅人物落實了他的論述。而最後一段只是交代撰寫本文的原由，一種交代而已。

王安石《讀孟嘗君傳》

世皆稱孟嘗君能得士，士以故歸之，而卒賴其力以脫於虎豹之秦。嗟乎！孟嘗君特雞鳴狗盜之雄耳，豈足以言得士？不然，擅齊之強，得一士焉，宜可以南面而制秦，尚何取雞鳴狗盜之力哉？夫雞鳴狗盜之出其門，此士之所以不至也。

全文只四句話共九十字，但氣勢磅礡，神完氣足，連番轉折，但收得斬釘截鐵。

第一句話二十六字總括了《讀孟嘗君傳》的主要內容，也樹立了辯駁的箭靶。第二句話十九字開始駁斥，把「雞鳴狗盜之徒」和真正的「士」分開。第三句話二十八字是對第二句話判斷的支持。第四句話十七字是結論：孟嘗君不辨怎樣才是真正的「士」，結果不能獲得「士」的支持。

這也顯示了作者自許、自負、自尊的「士」的錚錚傲骨，本文可貴之處在此。

四、教育散文

散文的功能廣泛，幾乎包括所有的文字功能。這篇談談教育功能。

做父母的，做師長的，都想通過文字教育子女和學生，古人通過「家訓」，今人不想太嚴肅，用「家書」代之。

我們看到有《顏氏家訓》，出自南北朝時代的顏之推，被稱為家訓之鼻祖。其中一段說：

> 齊朝有一士大夫，嘗謂吾曰：「我有一兒，年已十七，頗曉書疏，教其鮮卑語及彈琵琶，稍欲通解，以此伏事公卿，無不寵愛，亦要事也。」吾時俯而不答。異哉，此人之教子也！若由此業自致卿相，亦不願汝曹為之。

他對某士大夫的教子方法不以為然，此人教兒子學外語，彈琵琶，目的是「伏事公卿」，博其寵愛。他說即使因此兒子做到大官，他也不會做。氣節尊嚴所在也。

南宋大詩人陸游也有家訓，下面一段不是對子女說，是對有子女的父母說：

> 後生才銳者，最易壞。若有之，父兄當以為憂，不可以為喜也！切須常加簡束（檢查、約束），令熟讀經子，訓以寬厚恭謹，勿令與浮薄者遊處。如此十許年，志趣自成。

今日的父母在教育子女方面，憂心比古人有過之無不及，因為根本無法「常加簡束」，「令」和「訓」只會招致反感，起不到任何作用。

現代的教育散文我推薦《傅雷家書》，這本書是中國傑出翻譯家傅雷寫給傅聰和傅敏的家信，寫信時間是1954至1966年，傅雷列出寫信的四個目的：討論藝術，討論音樂；激發兒子的感想，讓做父親的獲得新鮮養料；訓練兒子的文筆和思想；在做人、生活細節、藝術修養等方面給兒子以提點。

作家樓適夷在序言中說：「這是一部最好的藝術學徒修養讀物，這也是一部充滿着父愛的苦心孤詣、嘔心瀝血的教子篇。」

近代父母子女間的距離有增無減，因為資訊發達，年輕人更容易受外界羣體影響，這只會使兩代間的差距愈來愈大。

翻譯家傅雷有意跟鋼琴家的兒子傅聰拉近距離，他用寫家書的方式作為橋樑。在 1954 年 1 月 30 日的信中表達了動人的心意。

他跟外地回來的兒子相聚了一個半月，他高興自己多了一個朋友，他說：「兒子變了朋友，世界上有什麼事可以和這種幸福相比的！」

在做朋友這件事上，他要求自己跟兒子拉近距離，他說：「我相信我一定會做到不太落伍，不太冬烘（糊塗迂腐），不至於惹你厭煩。」

但他同時不想兒子對年長的人有成見，他說：「也希望你不要以為我在高峰的頂尖上，所想的，所見到的，比你們的不真實……許多時你們一時覺得我看得不對，日子久了，現實卻給你證明我並沒大錯。」此點我最有同感。

傅聰為鋼琴比賽感到緊張，這是許多年輕人難逃避的問題。傅雷說：「多想想人生問題，宇宙問題，把個人看得渺小一些，那末自然會減少患得患失之心，結果身心反而舒泰，工作反而順利。」

像傅聰這樣的天才藝術家，當然有不少異性傾心於他，作為父親知道此點，便提醒他要注意：「你一向濫於用情，即使不採主動，被人追求時也免不了虛榮心感到得意，這是人之常情，於藝術家為尤甚，因此更需警惕。」知子莫若父，老爸雖提點了，這樣的兒子肯聽嗎？

五、回憶散文

散文中有一類回想舊事的作品，經過歲月的淘汰，仍能留存在作者記憶中的，定是一些生命中特別悲痛、特別有趣、特別影響重大的事。

作者帶着感情娓娓道來，讀者會隨之悲喜，並且了解舊日景況。欣賞這類散文，首看其情，次看其文，當然文情並茂最是佳作。試舉三例。

魯迅〈阿長與山海經〉

魯迅從1926年2月起，到11月寫了十篇回憶散文，曾以《朝花夕拾》書名出版，這是該書第二篇。

長媽媽是魯迅的保姆，魯迅對她並無好感，尤其因為她謀害了他的隱鼠。但當她知道魯迅很想得到一套繪圖的《山海經》時，她竟為他辦到了：

過了十多天，或者一個月罷，我還記得，是她告假回家以後的四五天，她穿着新的藍布衫回來了，一見面，就將一包書遞給我，高興地説道：——「哥兒，有畫兒的『三哼經』，我給你買來了！」

我似乎遇着了一個霹靂，全體都震悚起來；趕緊去接過來，打開紙包，是四本小小的書，略略一翻，人面的獸，九頭的蛇，……果然都在內。

這又使我發生新的敬意了，別人不肯做，或不能做的事，她卻能夠做成功。她確有偉大的神力。謀害隱鼠的怨恨，從此完全消滅了。

這四本書，乃是我最初得到，最為心愛的寶書。

魯迅是以動情的筆墨結束本文的：

我的保姆，長媽媽即阿長，辭了這人世，大概也有了三十年了罷。我終於不知道她的姓名，她的經歷；僅知道有一個過繼的兒子，她大約是青年守寡的孤孀。

仁厚黑暗的地母呵，願在你懷裏永安她的魂靈！

林海音〈爸爸的花兒落了〉

懷舊散文的第二例是〈爸爸的花兒落了〉，林海音《城南舊事》中的一篇。《城南舊事》以她七至十三歲的生活為背景，寫她在北京城南居住的那段日子，她遇見的一些人和他們的離去，包括她的父親。下面記她父親逝世那天的景況和她的感覺。

> 進了家門來，靜悄悄的，四個妹妹和兩個弟弟都坐在院子裏的小板凳上，他們在玩沙土……
>
> 石榴樹大盆底下也有幾粒沒有長成的小石榴；我很生氣，問妹妹們：
>
> 「是誰把爸爸的石榴摘下來的？我要告訴爸爸去！」
>
> 妹妹們驚奇的睜大了眼睛，她們搖搖頭說：「是它們自己掉下來的。」
>
> 我撿起小青石榴。缺了一根手指頭的廚子老高從外面進來了，他說：

「大小姐，別說什麼告訴你爸爸了，你媽媽剛從醫院來了電話，叫你趕快去，你爸爸已經……」

他為什麼不說下去了？我忽然覺得着急起來，大聲喊着說：

「你說什麼？老高。」

「大小姐，到了醫院，好好兒勸勸你媽，這裏就數你大了！就數你大了！」

瘦雞妹妹還在搶燕燕的小玩意兒，弟弟把沙土灌進玻璃瓶裏。是的，這裏就數我大了，我是小小的大人。我對老高說：

「老高，我知道是什麼事了，我就去醫院。」我從來沒有過這樣的鎮定，這樣的安靜。

我把小學畢業文憑，放到書桌的抽屜裏，再出來，老高已經替我僱好了到醫院的車子。走過院子，看那垂落的夾竹桃，我默唸着：

爸爸的花兒落了，我也不再是小孩子。

這最後兩句最是沉痛。

巴金〈再憶蕭珊〉

經過文革折磨，倖存者巴金先生，自 1978 年 12 月起到 1968 年 8 月寫了一百五十篇「隨想」。他在《隨想錄》中的〈總序〉中說：「這些文字只是記錄我隨時隨地的感想，既無系統，又不高明。但它們卻不是四平八穩，無病呻吟，不痛不癢，人云亦云，說了等於不說的話，寫了等於不寫的文章。」

在這批文章中，巴金記述了他和家人、友人所受的精神和肉體虐待，剖釋這些荒謬事件出現的根源，更無情地懺悔自己精神上的奴性，在文革中也有他感到羞恥的表現。

巴金的妻子名蕭珊，這裏介紹《再憶蕭珊》：

她離開我十二年了。十二年，多麼長的日日夜夜。每次我回到家門口，眼前就出現一張笑臉，一個親切的聲音向我迎來，可是走進院子，卻只見一些高高矮矮的、沒有花的綠樹。

上了台階，我環顧四周，她最後一次離家的情景還歷歷在目：她穿得整整齊齊，有些急躁，有點傷感，又似乎充滿希望，走到門口還回頭張望……

我彷彿還站在台階上等待着車子的駛近，等待着一個人回來。這樣長的等待。十二年了。甚至在夢裏我也聽不見她那清脆的笑聲。我記得的只是孩子們捧着她的骨灰盒回家的情景……

……她仍然伴着我度過無數的長夜。我擺脫不了那些做不完的夢。總是那一雙淚汪汪的眼睛。總是那一副前額皺成「川」字的愁顏。總是那無限關心的叮嚀勸告。好像我有滿腹的委屈瞞住她，好像我摔倒在泥淖中不能自拔，好像我又給打翻在地讓人踏上一腳。……每夜每夜，我都聽見牀前骨灰盒裏她的小聲呼喚，她的低聲哭泣。

六、遊記

遊記乃散文之一種，其能吸引讀者之故，一為遊者所記風景、風情、風俗、風物皆有新鮮處，增知識，添趣味；二為遊者身處該景時，有人生之感悟，能使讀者有同感焉。

《徐霞客遊記》

中國篇幅最浩繁的遊記，當推《徐霞客遊記》，徐霞客本名徐宏祖，明代江陰人，從三十歲起便開始他的旅遊事業，遊歷了全國許多省份、名山大川、人跡罕至之區，例如曾經過大渡河，至黎雅，尋金沙江，從瀾滄北尋盤江，復出石門關，數千里，窮星宿海而還。途中詳記他的旅程和所見，成為後人研究地理的有用資料。但在文學價值上不能說高，下面試舉冬日遊黃山為例：

> 初六日，天色甚朗。覓導者各携笻上山，過慈光寺。從左上，石峰環夾，其主石級為積雪所平，一望如玉。疏木茸茸中，仰見羣峰盤結，天都獨巍然上挺。數里，級愈峻，雪愈深，其陰處凍雪成冰，堅滑不容着趾。余獨前，持杖鑿冰，得一孔置前趾，再鑿一孔，以移後趾。從行者俱循此法得度。上至平岡，則蓮花、雲門諸峰，爭奇競秀，若為天都擁衛者。由此而入，盡皆怪松懸結。高者不盈丈，低僅數寸，平頂短髮，盤根虬幹，愈短愈老，愈小愈奇，不意奇山中又有此奇品也！

文中可見作者的體力和登山技巧都頗不凡。

〈始得西山宴遊記〉

說到文學性高的遊記，起帶頭作用的要推唐宋古文八大家之一的唐代柳宗元。他在一場政治運動中失敗了，被貶廣西柳州，既擔憂又抑鬱，幸而柳州山水秀麗足以解憂，暢遊之後寫了一批遊記，包括其中的《永州八記》，而第一篇〈始得西山宴遊記〉可讀性最高。讓我們先看全文：

自余為僇人（罪人），居是州，恆惴慄（驚慌不安）。其隙（空閒）也，則施施而行，漫漫而遊。日與其徒上高山，入深林，窮回溪，幽泉怪石，無遠不到。到則披草而坐，傾壺而醉。醉則更相枕以臥，臥而夢。意有所極，夢亦同趣。覺而起，起而歸；以為凡是州之山水有異態者，皆我有也，而未始知西山之怪特。

今年九月二十八日，因坐法華西亭，望西山，始指異之。遂命僕人過湘江，緣染溪，斫榛莽，焚茅茷，窮山之高而止。攀援而登，箕踞而遨，則凡數州之土壤，皆在衽席之下。其高下之勢，岈然洼然，若垤若穴，尺寸千里，攢蹙累積，莫得遁隱。縈青繚白，外與天際，四望如一。然後知是山之特立，不與培塿為類。悠悠乎與顥氣俱，而莫得其涯；洋洋乎與造物者遊，而不知其所窮。引觴滿酌，頹然就醉，不知日之入。蒼然暮色，自遠而至，至無所見，而猶不欲歸。心凝形釋，與萬化冥合。然後知吾嚮之未始遊，遊於是乎始，故為之文以志。是歲，元和四年也。

整篇由「為僇人」、「恆惴慄」的不安心情開始，以普通結伴旅遊之樂消解抑鬱，為後段西山之遊作鋪墊。

後段極寫西山之景觀，在這偉大的自然面前，「心凝形釋，與萬化冥合」，人間苦惱一時頓消。而「遊於是乎始」為後來的遊記作了引子。

本文用了兩個修辭法，一是對句：

悠悠乎與顥氣俱，而莫得其涯；

洋洋乎與造物者遊，而不知其所窮。

二是頂真（上句的結尾與下句的開頭使用相同的字詞）：

無遠不到。到則披草而坐，

傾壺而醉，醉則更相枕以臥，臥而夢。

蒼然暮色，自遠而至，至無所見。

然後知吾向之未始遊，遊於是乎始。

頂真造成句句相扣，串連而下的流暢感，可見作者寫作時是用了很大心思的。

《前赤壁賦》

說到遊記中的傑作，捨蘇軾的《赤壁賦》莫屬。此文雖屬賦體，但與散文成分交替進行。文分三段，第一段寫月夜泛舟所見景色和身體的感覺。第二段懷古傷今，為生命短促悲哀，第三段則自開自解，為能享用取之無禁，用之不竭的清風明月而自得。

第一段是記遊實錄，見下：

> 壬戌之秋，七月既望，蘇子與客泛舟遊於赤壁之下。清風徐來，水波不興，舉酒屬客，誦明月之詩，歌窈窕之章。少焉，月出於東山之上，徘徊於斗牛之間，白露橫江，水光接天；縱一葦之所如，凌萬頃之茫然。浩浩乎如憑虛御風，而不知其所止；飄飄乎如遺世獨立，羽化而登仙。

它的賦部分是押韻的，韻腳包括：間、天、然、仙。而不少對句也是賦的特色，如：

清風徐來，水波不興。

誦明月之詩，歌窈窕之章。

白露橫江，水光接天。

縱一葦之所如，凌萬頃之茫然。

浩浩乎如憑虛御風，而不知其所止；

飄飄乎如遺世獨立，羽化而登仙。

七、書信散文

寫得好的信當然是散文中的佳品，因為除了欣賞文字，還可以看情意，知性情；如是名人，其中還有史事供查考可推論。

《秋水軒尺牘》

說到舊文學的書信集，不能不提《秋水軒尺牘》，作者是清朝的許葭村，一位教館先生，從書中得知他仕途並不得意，來往也不是什麼達官貴人名士。書中收了他的二百二十九封信，看來他寫的信都留底。

這些信有標題，但略去上下款，每封都是「信肉」。此尺牘之所以流行，可能因為文字雅馴，用詞婉轉，禮儀周周，善用典故。

試舉一例：

〈覆陳憲章（述懷）〉：

九十春光，轉眼綠肥紅瘦。素心人遠，良會何時？足下重到樂城，駕輕就熟；惟試青萍於寸鐵，未免用違其長。弟伏櫪如故。而當此半簾花雨，孤館無聊，聽好鳥於枝頭，殊覺懷人之滋切耳。

短短一函，寫春日懷人之情，讚對方，説近況，用典自然，詩意滿滿。

看他用了哪些典故？

九十春光：春天三個月共九十天，一般習用。

綠肥紅瘦:知否，知否，應是綠肥紅瘦。李清照詞。

青萍：寶劍名。

伏櫪：老驥伏櫪，志在千里。曹操詩。

好鳥於枝頭：好鳥枝頭亦朋友。元代翁森的詩《四時讀書樂》。

《兩地書》

是魯迅和後來的夫人，當時還是學生的許廣平的通信集，魯迅自己在〈序言〉中介紹這本書：

> 其中既沒有死呀活呀的熱情，也沒有花呀月呀的佳句……所講的又不外乎學校風潮，本身情況，飯菜好壞，天氣陰晴……如果定要恭維這一本書的特色，那麼，我想，恐怕是因為他的平凡吧。

不過作為讀者，仍然想在這批信中，找到溫柔的話語。因為魯迅常夜半外出把給許廣平的信丟進郵筒，許廣平信中叫他不可，口氣關愛，已不是學生身分：「當走去送信的時候，我又記起了曾經有一個人（魯迅），在夜裏跑到樓下房外的信筒那裏去，我相信天下癡呆蓋無過於此君了，現在距郵局遠，夜行不便，此風萬不可長，宜切戒之。」稱老師「癡呆」，而關切之情溢於言表，可見其關係。

魯迅的信比許廣平嚴肅，要找溫柔的話還真不容易。1926 年 11 月 20 日，因着許廣平上一封信暗示是他永久的同道，他就此回答：

> 至於還有人和我同道，那自然足以自慰的，並且因此使我自勉，但我有時總還慮他（許廣平）為我而犧牲。而「推及一二以至無窮」我也不能夠。有這樣多的麼？我倒不要這樣多，有一個就好了。

這獨有的「一個」當然指許廣平，其深情也在其中了。

《徐志摩書信集》

跟魯迅同時代的詩人徐志摩，寫起情信來就真是百分之一百的情信，其「肉麻」程度絕不輸於現代青年。試抄1925年6月25日他在巴黎寫給陸小曼的一封信（節錄）：

> 我唯一的愛龍（陸小曼），你真得救我了！我這幾天的日子也不知怎樣過的，一半是癡子，一半是瘋子，整天昏昏的，惘惘的，只想着我愛你，你知道嗎？早上夢醒來，套上眼鏡，衣服也不換就到樓下去看信——照例是失望，那就好比幾百斤的石子壓上了心去，一陣子悲痛，趕快回頭躲進了被窩，

抱住了枕頭叫着我愛的名字，心頭火熱的渾身冰冷的，眼淚就冒了出來，這一天的希冀又沒了。説不出的難受，恨不得睡着從此不醒，做夢倒可以自由些。

龍呀，你好嗎？為什麼我這心驚肉跳的一息也忘不了你，總覺得有什麼事不曾做妥當，或是你那裏有什麼事似的。龍呀，我想死你了，你再不救我，誰來救我？

詩人為收不到愛人的信就如此呼天搶地，實在不足為法，只能歎一聲此詩人之為詩人吧。

八、序跋

從古代起，中國的書籍前有「序」後有「跋」，就是一個傳統。序可以作者自己寫，所謂「自序」；也可以由作者請人寫。有些書經若干歲月重印了，有關人士會寫一個序，交代緣起，那就跟原作者無關了。

序的內容會介紹作者，也會介紹這本書的內容和作者寫這本書的目的和過程，因此給讀者對這本書有一個初步的了解。跋多數是成書後的補充，有時在此感謝曾經協助出版的人士。

說到古代典籍，最重要的序該是《史記》的〈太史公自序〉，全文七千八百一十二字，是《史記》的最後一篇，等於是自己的傳記。其中最重要的一段講述古人於困境中乃有不朽著作。自己遭李陵之禍，身毀不用，也要發憤，繼先人遺願，完成此歷史大書，俾解心中鬱結。這段是這樣的：

太史公遭李陵之禍，幽於縲紲。乃喟然而歎曰：「是余之罪也夫。是余之罪也夫！身毀不用矣！」退而深惟曰：「夫《詩》、《書》隱約者，欲遂其志之思也。昔西伯拘羑里，演《周易》；孔子厄陳、蔡，作《春秋》；屈原放逐，著《離騷》；左丘失明，厥有《國語》；孫子臏腳，而論兵法；不韋遷蜀，世傳《呂覽》；韓非囚秦，《說難》、《孤憤》；《詩》三百篇，大抵賢聖發憤之所為作也。此人皆意有所鬱結，不得通其道也，故述往事，思來者。」於是卒述陶唐以來，至於麟止，自黃帝始。

很想看看中國古典説部如《三國演義》、《水滸傳》、《西遊記》的作者自序，可惜都沒有。《紅樓夢》署名曹雪芹的〈石頭記凡例〉，經考據是後人假託。只有《聊齋誌異》的〈聊齋自志〉，作者署名「蒲松齡」並無異議。序言中講他喜愛搜羅神鬼怪事，記錄成編。「久之，四方同人，又以郵筒相寄，因以物以好聚，所積益夥。」不過蒲松齡經濟狀況並不理想，序言中談及他創作環境，頗為動人：

> 獨是子夜熒熒，燈昏欲蕊；蕭齋瑟瑟，案冷疑冰。集腋為裘，妄續幽冥之錄；浮白載筆，僅成孤憤之書：寄託如此，亦足悲矣！嗟乎！驚霜寒雀，抱樹無溫；吊月秋蟲，偎闌自熱。知我者，其在青林黑塞間乎！康熙己未春日。

「青林黑塞」指知己朋友居住的地方，出自杜甫《夢李白》詩：「魂來楓林青，魂返關塞黑。」

蒲松齡為自己的著作《聊齋誌異》寫序，他的孫兒蒲立悳（悳同德）為書寫了跋。除簡述祖父生平和書的內容外，說借書傳抄的人愈來愈多，希望能蒙有能力的人賞識，正式付梓出版。其中總括書的內容，寫得頗好：

> 其事多涉於神怪；其體仿歷代志傳；其論贊或觸時感事，而以勸以懲；其文往往刻鏤物情，曲盡世態，冥會幽探，思入風雲；其義足以動天地、泣鬼神，俾畸人滯魄，山魈野魅，各出其情狀而無所遁隱。

這一段的目的當然是為書作宣傳，希望引起有力之人注意。如今此書版本極多，銷售不衰，蒲氏後人應感欣慰。

現代作家許多都曾替人寫過序，如兒童文學家陳伯吹，為扶掖後進，寫過許多很認真的序，我有他三本序言的結集。魯迅曾為自己多本著作寫序，他編的《古小說鉤沉》、《唐宋傳奇集》為配合內文，都是用文言寫的。他為自己的作品《吶喊》寫的序卻是用白話寫的，其中有兩段至為重要，一段說他為什麼由學醫改為從文，另一段說他為什麼開始寫小說，這兩件都是中國新文學史的大事。

第一段：

因為這些幼稚的知識，後來便使我的學籍列在日本一個鄉間的醫學專門學校了。我的夢很美滿，預備卒業回來，救治像我父親似的被誤的病人的疾苦，戰爭時候便去當軍醫，一面又促進了國人對於維新的信仰。我已不知道教授微生物學的方法，現在又有了怎樣的進步了，總之那時是用了電影，來顯示微生物的形狀的，因此有時講義的一段落已完，而時間還沒有到，教師便映些風景或時事的畫片給學生看，以用去這多餘的光陰。其時正當日俄戰爭的時候，關於戰事的畫片自然也就比較的多了，我在這一個講堂中，便須常常隨喜我那同學們的拍手和喝采。有一回，我竟在畫片上忽然會見我久違的許多中國人了，一個綁在中間，許多站在左右，一樣是強壯的體格，而顯出麻木的神情。據解說，則綁着的是替俄國做了軍事上的偵探，正要被日軍砍下頭顱來示眾，而圍着的便是來賞鑑這示眾的盛舉的人們。

這一學年沒有完畢，我已經到了東京了，因為從那一回以後，我便覺得醫學並非一件緊要事，凡是愚弱的國民，即使體格如何健全，如何茁壯，也只能做毫無意義的示眾的材料和看客，病死多少是不必以為不幸的。所以我們的第一要着，是在改變他們的精神，而善於改變精神的是，我那時以為當然要推文藝，於是想提倡文藝運動了。

第二段：

那時偶或來談的是一個老朋友金心異（即錢玄同），（他說）「我想，你可以做點文章……」

我懂得他的意思了，他們正辦《新青年》，然而那時彷彿不特沒有人來贊同，並且也還沒有人來反對，我想，他們許是感到寂寞了，但是說：

「假如一間鐵屋子，是絕無窗户而萬難破毀的，有許多熟睡的人們，不久都要悶死了，然而是從昏睡入死滅，並不感到就死的悲哀。現在你大嚷起來，驚起了較為清醒的幾個人，使這不幸的少數者來受無可挽救的臨終的苦楚，你倒以為對得起他們麼？」

「然而幾個人既然起來，你不能說決沒有毀壞這鐵屋的希望。」

是的，我雖然自有我的確信，然而說到希望，卻是不能抹殺的，因為希望是在於將來，決不能以我之必無的證明，來折服了他之所謂可有，於是我終於答應他也做文章了，這便是最初的一篇《狂人日記》。從此以後，便一發而不可收，每寫些小說模樣的文章，以敷衍朋友們的囑托，積久就有了十餘篇。

而從此我們的新文學有了魯迅，有了不朽的篇章《孔乙己》、《故鄉》、《阿Q正傳》、《祝福》，在許多年之後（1999年），一班學者選出二十世紀中文小說一百強，1922年成書的《吶喊》名列第一。

這也說明序言是多麼重要。

九、少兒散文

一般人對少年兒童文學的印象，是指「故事」，包括童話、寓言、神話、生活故事，其實也有非故事性質的散文。

少年兒童接觸散文讀物，開始多來自課本。有幾篇是必讀的，它們是朱自清的《背影》，冰心的《寄小讀者》，許地山的《落花生》。

《背影》寫朱自清的父親送朱自清上火車，兒子老覺得父親愚拙，不通世務，直至父親越過路軌買幾個橘子給他，那番努力才感動了他。

最動人的一段是這樣的：

我説道，「爸爸，你走吧。」他往車外看了看，説，「我買幾個橘子去。你就在此地，不要走動。」我看那邊月台的柵欄外有幾個賣東西的等着顧客。走到那邊月台，須穿過鐵道，須跳下去又爬上去。父親是一個胖子，走過去自然要費事些。我本來要去的，他不肯，只好讓他去。我看見他戴着黑布小帽，穿着黑布大馬褂，深青布棉袍，蹣跚地走到鐵道邊，慢慢探身下去，尚不大難。可是他穿過鐵道，要爬上那邊月台，就不容易了。他用兩手攀着上面，兩腳再向上縮；他肥胖的身子向左微傾，顯出努力的樣子。這時我看見他的背影，我的淚很快地流下來了。我趕緊拭乾了淚，怕他看見，也怕別人看見。我再向外看時，他已抱了朱紅的橘子往回走了。過鐵道時，他先將橘子散放在地上，自己慢慢爬下，再抱起橘子走。到這邊時，我趕緊去攙他。他和我走到車上，將橘子一股腦兒放在我的皮大衣上。於是撲撲衣上的泥土，心裏很輕鬆似的，過一會說，「我走了，到那邊來信！」我望着他走出去。他走了幾步，回過頭看見我，說，「進去吧，裏邊沒人。」等他的背影混入來來往往的人裏，再找不着了，我便進來坐下，我的眼淚又來了。

這一段之所以感人，是寫得細，把一個步履蹣跚的胖子如何在月台爬上爬下的艱辛寫得如在現場。父與子的感情不言而喻。

《寄小讀者》其中一篇談母愛，正可跟《背影》講父愛同時看：

有一次，幼小的我，忽然走到母親面前，仰着臉問說：「媽媽，你到底為什麼愛我？」母親放下針線，用她的面頰，抵住我的前額，溫柔地，不遲疑地說：「不為什麼，——只因你是我的女兒！」

小朋友！我不信世界上還有人能說這句話！「不為什麼」這四個字，從她口裏說出來，何等剛決，何等無迴旋！她愛我，不是因為我是「冰心」，或是其他人世間的一切虛偽的稱呼和名字！她的愛是不附帶任何條件的，唯一的理由，就是我是她的女兒。總之，她的愛，是屏除一切，拂拭一切，層層的麾開我前後左右所蒙罩的，使我成為「今我」的原素，而直接的來愛我的自身！

假使我走至幕後，將我二十年的歷史和一切都更變了，再走出到她面前，世界上縱沒有一個人認識我，只要我仍是她的女兒，她就仍用她堅強無盡的愛來包圍我。她愛我的肉體，她愛我的靈魂，她愛我前後左右，過去，將來，現在的一切！

天上的星辰，驟雨般落在大海上，嗤嗤繁響。海波如山一般的洶湧，一切樓屋都在地上旋轉，天如同一張藍紙捲了起來。樹葉子滿空飛舞，鳥兒歸巢，走獸躲到它的洞穴。萬象紛亂中，只要我能尋到她，投到她的懷裏……天地一切都信她！她對於我的愛，不因着萬物毀滅而更變！

她的愛不但包圍我，而且普遍的包圍着一切愛我的人；而且因着愛我，她也愛了天下的兒女，她更愛了天下的母親。小朋友！告訴你一句小孩子以為是極淺顯，而大人們以為是極高深的話，「世界便是這樣的建造起來的！」

世界上沒有兩件事物，是完全相同的，同在你頭上的兩根絲髮，也不能一般長短。然而——請小朋友們和我同聲讚美！只有普天下的母親的愛，或隱或顯，或出或沒，不論你用斗量，用尺量，或是用心靈的度量衡來推測；我的母親對於我，你的母親對於你，她的和他的母親對於她和他；她們的愛是一般的長闊高深，分毫都不差減。小朋友！我敢說，也敢信古往今來，沒有一個敢來駁我這句話。當我

> 發覺了這神聖的秘密的時候，我竟歡喜感動得伏案痛哭！

這一節寫得如此堅信，如此不容辯駁，文字又是如此的美，在冰心所有文字中也屬精品。

「假使我走至幕後」這一假設，有強大的説服力。

「天上的星辰」那段，詩化的句子，氣勢澎湃。

最後一段句句緊扣，層層深入，逼出文章的高潮。

這是值得背誦的一篇文字。

許地山的筆名是「落華（同花）生」，可見他寫的這篇《落花生》正是他述志之作。《落花生》這篇敍事散文寫得樸實無華，也配合了文章的主旨。以下是節錄：

> 父親説：「花生的好處很多，有一樣最可貴：它的果實埋在地裏，不像桃子、石榴、蘋果那樣，把鮮紅嫩綠的果實高高地掛在枝頭上，使人一見就生愛慕

之心。你們看它矮矮地長在地上，等到成熟了，也不能立刻分辨出來它有沒有果實，必須挖起來才知道。」

我們都說是，母親也點點頭。

父親接下去說：「所以你們要像花生一樣，它雖然不好看，可是很有用。」

我說：「那麼，人要做有用的人，不要做只講體面，而對別人沒有好處的人。」

父親說：「對。這是我對你們的希望。」

同樣是寫種植和收穫，近代兒童文學家黃慶雲女士的《摘豆角》輕鬆有趣得多，更符合兒童心理和生活實際。那教育性不是通過師長的說話，而是從生動的生活實際去感染的：

快到吃晚飯的時候了，媽媽把一個竹籃子交給我們，說：「到菜地那裏摘些豆角來吧。」

這差事確是太美妙了，我們從來只會吃菜，只會靠別人買菜、煮菜，怎麼會想到有自己親手摘菜那一天呢？

我們激動得連問也不問，接過了菜籃子就走……

在一排欖角形交加着的竹子上，有一株株植物，上面垂下了一條條的、長長短短的青豆角……

我們激動之餘，把原來的任務都忘記了。

姊姊摘下了豆角，把它圈在手上，說：「這是我的手鐲！」

珍姊把豆角插在頭上，說：「這是我的辮子！」

我把一孖兩條的掛在耳上，貼在下巴上說：「我做大戲！」……

正在這時，媽媽派表姨來催我們回去……

姨媽說：「孩子真怪，摘幾條豆角都那麼久！」

我心裏想：「真正奇怪的是大人，為什麼第一個大人看到了豆角就想到要吃而不是要玩的。」

吃飯了，豆角畢竟煮出來了。說真的，我從沒有吃過那麼香而又甜，又那麼好吃的豆角！

我的第一本書《點心集》是給老師和學生看的，也是散文的結集。之後有《青果一集》和《青果二集》，寫的也是感情濃郁的散文，有一股青春氣息。試錄其中一篇，假設一個叫阿麗的寫了這封信給阿濃：

〈那日子是怎樣的？〉

阿濃：

我常覺得自己在等待，等待一個美好的日子，等待一個快樂的日子，等待一個幸福的日子。可是這個日子是怎樣的，連我自己也說不清楚。

我總覺它就在我生命旅途的前面某處地方，我好像看到一些光影，我好像聽到一些聲音，它的的確確就在前面，說不定我再走幾步，轉過一個小彎，它就會在眼前。可是我有時又會害怕，就是萬一我走岔了路，錯過了它，它就在我此生不再出現！

有時我好像在夢裏見到它，是那麼燦爛，是那麼甜美。我笑着醒來，卻只剩一些閃爍的碎片，無法再拼合成完整的圖景，不論我是多麼的努力。

它究竟是怎樣的？

是蝴蝶從堅硬粗陋的蛹中蛻出，發現自己擁有一對瑰麗的彩翼，在清風中顫抖一番之後，飛入陽光下的萬紫千紅？

是醜小鴨從湖水的倒影中，發現自己擁有一身白得發亮的羽毛，還有一條修長優美的頸項，原來是一隻美麗的天鵝？

是沉沉地長睡的公主，被溫柔的嘴唇喚醒，張開雙目，面前有一對深情的眼睛？

是玫瑰，是蜜糖，是星星，是白雲，是嬰兒的小手，是少女的紅唇，是雨後的虹，是清晨的露，是暖洋洋的春日陽光，是淋漓酣暢的夏日驟雨，是脈脈的眼波，是怦怦的心音，是歡呼，是擁抱，是帶淚的笑，是含羞的惱，是使人暈眩的歡喜，是使人窒息的勝利，是所有這些的組合……可惜的是，我就是無法將它們組合起來！

阿濃，別怪我亂七八糟地說一些自己也弄不清楚的事。我好像對着一副數不清有多少塊的拼圖，沒有圖樣可照，無法砌合出我心中的憧憬。我真是很心急呀！你能以你的人生經驗，給我一點提示嗎？

阿麗

二十多年前的舊文，現在讀來有堆砌的感覺。但對未來的美好盼望，相信仍在許多青少年的心中躍動。

十、雜文

雜文這類文字古已有之，大概指一批難以分類的文字，把它們放在一起。但到近代，因魯迅等的提倡和創作，散文中批判性、戰鬥力強而又貼近時代的文字，成為有特定意義的「雜文」。魯迅有《且介亭雜文》和二集、末篇，其他如《華蓋集》、《准風月談》等多種結集，其實也是雜文。魯迅寫雜文所花的時間比寫小説要多得多。作家郁達夫推薦他的雜文：

> 他的隨筆雜感，更提供了前不見古人，而後人又絕不能追隨的風格，首先其特色為觀察之深刻，談鋒之犀利，文筆之簡潔，比喻之巧妙，又因其飄溢幾分幽默的氣氛，就難怪讀者會感到一種即使喝毒酒也不怕死似的淒厲的風味。當我們見到局部時，他見到的卻是全面。當我們熱中去掌握現實時，他已把握了古今與未來。

魯迅對自己寫的這些小文章卻表現謙虛：

> 我只是在深夜的街頭擺着一個地攤，所有的無非幾個小釘，幾個瓦碟，但也希望，並且相信有些人會從中尋出合於他的用處的東西。(《且介亭雜文序》，1935年)

魯迅在為徐懋庸的《打雜集》寫序時列出雜文的作用：

> 我是愛讀雜文的一個人，而且知道愛讀雜文還不只我一個，因為它「言之有物」。我還更樂觀於雜文的開展，日見其斑斕。第一是使中國的著作界熱鬧，活潑；第二是使不是東西之流縮頭；第三是使所謂「為藝術而藝術」的作品，在相形之下，立刻顯出不死不活相。

下面讓我們選讀魯迅的兩篇雜文。

《戰士與蒼蠅》(節錄)

> 戰士戰死了的時候，蒼蠅們所首先發見的是他的缺點和傷痕，嘬着，營營地叫着，以為得意，以為比

死了的戰士更英雄。但是戰士已經戰死了，不再來揮去他們。於是乎蒼蠅們即更其營營地叫，自以為倒是不朽的聲音，因為它們的完全，遠在戰士之上。

的確的，誰也沒有發見過蒼蠅們的缺點和創傷。

然而，有缺點的戰士終竟是戰士，完美的蒼蠅也終竟不過是蒼蠅。

去罷，蒼蠅們！雖然生着翅子，還能營營，總不會超過戰士的。你們這些虫豸們！(1925 年)

《看圖識字》

凡一個人，即使到了中年以至暮年，倘一和孩子接近，便會踏進久經忘卻了的孩子世界的邊疆去，想到月亮怎麼會跟着人走，星星究竟是怎麼嵌在天空中。但孩子在他的世界裏，是好像魚之在水，游泳自如，忘其所以的，成人卻有如人的鳧水（漂浮游動）一樣，雖然也覺到水的柔滑和清涼，不過總不免吃力，為難，非上陸不可了。

孩子是可以敬服的，他常常想到星月以上的境界，想到地面下的情形，想到花卉的用處，想到昆虫的言語；他想飛上天空，他想潛入蟻穴……所以給兒童看的圖書就必須十分慎重，做起來也十分煩難。即如《看圖識字》這兩本小書，就天文，地理，人事，物情，無所不有。其實是，倘不是對於上至宇宙之大，下至蒼蠅之微，都有些切實的知識的畫家，決難勝任的。

然而我們是忘卻了自己曾為孩子時候的情形了，將他們看作一個蠢才，什麼都不放在眼裏。即使因為時勢所趨，只得施一點所謂教育，也以為只要付給蠢才去教就足夠。於是他們長大起來，就真的成了蠢才，和我們一樣了。然而我們這些蠢才，卻還在變本加厲的愚弄孩子。只要看近兩三年的出版界，給「小學生」，「小朋友」看的刊物，特別的多就知道。中國突然出了這許多「兒童文學家」了麼？我想：是並不然的。(1934 年)

本篇是對當時市面兒童讀物質素差劣發出的感慨和批評，難得的是寫兒童心靈世界的幾段，特別有童真的意趣。

十一、隨筆

散文中的「隨筆」，着重這個「隨」字。作者偶有所感、所得，隨手記下，便成隨筆。因此讀書也好，做事也好，旅遊也好，觀劇也好，心裏有些話想說，不想太認真講究寫什麼大文章，隨心隨意的書寫，就是隨筆了。因此讀者也輕輕鬆鬆的隨意看看，這態度也就合適了。

南宋的洪邁有兩部筆記體的著作：《夷堅志》和《容齋隨筆》，後者就以隨筆命名。他還編纂了一套《萬首唐人絕句》，是個十分勤勞認真做學問工夫的學者。

《容齋隨筆》共一千二百二十二則，內容包括歷史、文學、哲學、藝術，目的有考證、議論、記事。論者讚許他資料豐富、格調高雅、議論精彩、考證確切。

試舉兩則為例：

〈女子夜績〉

《漢·食貨志》云:「冬,民既入,婦人相從夜績,女工一月得四十五日。」謂一月之中,又得半夜,為四十五日也。必相從者,所以省費燎火,同巧拙而合習俗也。

《戰國策》甘茂亡秦出關,遇蘇代曰:「江上之貧女,與富人女會績而無燭,處女相與語,欲去之。女曰,妾以無燭故,常先至掃室布席,何愛餘明之照四壁者?幸以賜妾。」以是知三代之時,民風和厚勤樸如此,非獨女子也,男子亦然。

《豳風》「晝爾於茅,宵爾索綯(製作繩索)」,言晝日往取茅歸,夜作綯索,以待時用也,夜者日之餘,其為益多矣。

這一則作者舉《食貨志》、《戰國策》、《詩經·豳風》三書說明古代社會民風和厚純樸,可見他之博覽。

其中《戰國策》中的故事很有意思。說一個貧家女跟一班富家女夜間一同紡織,因為家貧沒有蠟燭帶來,富家女們想杯葛她。她說：「就因為我沒有蠟燭，所以我每次都提早到來，打掃地方，安排座次。你們又何必吝惜蠟燭照向四壁的餘光呢？」大家聽了，就接納了她。這是甘茂逃離秦國想投奔齊國，遇見蘇代時打的一個比喻。這故事的含義在本文不是重點，重點是古代男女都善用時間，既勤且儉。

〈白公夜聞歌者〉

白樂天琵琶行，蓋在潯陽江上為商人婦所作。而商乃買茶於浮梁，婦對客奏曲，樂天移船，夜登其舟與飲，了無所忌，豈非以其長安故倡女，不以為嫌邪？集中又有一篇題云夜聞歌者，時自京城謫潯陽，宿於鄂州，又在琵琶之前。其詞曰：「夜泊鸚鵡洲，秋江月澄澈。鄰船有歌者，發調堪愁絕！歌罷繼以泣，泣聲通復咽。尋聲見其人，有婦顏如雪。獨倚帆檣立，娉婷十七八。夜淚似真珠，雙雙墮明月。借問誰家婦，歌泣何淒切？一問一霑襟，低眉終不說。」陳鴻長恨傳序云：「樂天深於詩，多於情者也，故所遇必寄之吟詠，非有意於漁色。」然鄂州所見，亦一女子獨處，夫不在焉，瓜田李下之疑，唐人不譏也。今詩人罕談此章，聊復表出。

作者借白居易兩次見丈夫不在的獨處女子，聽曲聊天，推論唐人不計較男女大防，瓜田李下之嫌。對我來說，更重視他介紹的這首《夜聞歌者》，除《全唐詩》外，許多白居易的詩集都沒選。它比《琵琶行》短得多，但這十七八歲的少女，回答詢問只是哭，「低眉終不說」，卻引起無限想像。

現代文學中最有名的隨筆集該是《緣緣堂隨筆》了，作者豐子愷，他的文字自然率真，充滿人間情味。其間還有並不高深，但使你受用的人生哲理，有童真童趣，他向讀者熱心推介的是人間的真、善、美。試節錄其中一篇：

〈山中避雨〉

前天同兩個女孩到西湖山中遊玩，天忽下雨。我們倉皇奔走，看見前方有一小廟，廟門口有三家村，其中一家是開小茶店而帶賣香煙的。我們趨之如歸。茶店雖小，茶也要一角錢一壺。但在這時候，即使兩角錢一壺，我們也不嫌貴了。

茶愈沖愈淡，雨愈落愈大。最初因遊山遇雨，覺得掃興；這時候山中阻雨的一種寂寥而深沉的趣味牽引了我的感興，反覺得比晴天遊山趣味更好……

茶博士坐在門口拉胡琴……可惜他拉了一會就罷，使我們所聞的只是嘈雜而冗長的雨聲。為了安慰兩個女孩子，我就去向茶博士借胡琴。「你的胡琴借我弄弄好不好？」他很客氣地把胡琴遞給我……

在山中小茶店裏的雨窗下，我用胡琴從容地（因為快了要拉錯）拉了種種西洋小曲。兩女孩和着了歌唱，好像是西湖上賣唱的，引得三家村裏的人都來看。一個女孩唱着《漁光曲》，要我用胡琴去和她。我和着她拉，三家村裏的青年們也齊唱起來，一時把這苦雨荒山鬧得十分溫暖。我曾經吃過七八年音樂教師飯，曾經用鋼琴伴奏過混聲四部合唱，曾經彈過貝多芬的鳴奏曲。但是有生以來，沒有嘗過今日般的音樂的趣味……

我離去三家村時，村裏的青年們都送我上車，表示惜別。我也覺得有些兒依依。（曾經搪塞他們說：「下星期再來！」其實恐怕我此生不會再到這三家村裏去吃茶且拉胡琴了。）若沒有胡琴的因緣，三家村裏的青年對於我這路人有何惜別之情，而我又有何依依於這些萍水相逢的人呢？古語云：「樂以教和。」我做了七八年音樂教師沒有實證過這句話，不料這天在這荒村中實證了。（1935年秋日作）

一次偶然的經歷，道來有趣。同時帶出一個道理：音樂有和諧人際關係的作用，一次演奏和合唱，立即培養出與陌生人之間的感情。豐子愷在文學、美術、音樂、宗教等多方面的修養，使他的散文充滿豐富的文化內涵，而他沖淡平和的個性，使閱讀時獲得舒爽釋放的感覺。